U0500649

明
室
Lucida

照 亮 阅 读 的 人

让我们相信
这寒冷季节的
黎明

Forugh Farrokhzad

[伊朗] 芙洛格·法罗赫扎德 著

李晖 译

北京联合出版公司
Beijing United Publishing Co.,Ltd.

导言

芙洛格·法罗赫扎德，1935 年出生于德黑兰，父亲是职业军官，她是家里的第四个孩子。芙洛格的早年生活与许多其他伊朗上层中产阶级女性没多大不同。她在学校读到九年级，然后进入一所女子手工艺学校学习绘画和刺绣，两者都被认为是年轻女性的时尚艺术。16 岁时，她爱上了邻居兼远房亲戚帕尔维兹·沙普尔，一位年长她 15 岁的讽刺作家和漫画家。芙洛格不顾父母亲的反对和他结了婚，两人搬到阿瓦士，沙普尔找到了一份财政部的工作。一年后，芙洛格生下了儿子卡米亚尔，她唯一的孩子。三年后，芙洛格决定离开她的丈夫。在那个年代，女人要求离婚在伊朗是禁忌，孩子的全部监护权几乎总是归父亲所有。芙洛格甚至被剥夺了偶尔探视卡米亚尔的权利，这给她的生活和诗歌留下了不可磨灭的印记。也许正是这个原因导致了她在 1955 年

9 月精神崩溃，住进了德黑兰的一家精神病疗治所。

康复之后，芙洛格于 1955 年出版了她的第一部诗集《囚徒》。接着又出版了第二部诗集《墙》（1956）。不久之后，她对电影摄影、表演和制作产生了兴趣。在以男性为主导的伊朗文艺界，她以愿意表达自己诚实而感性的女性情感和自由的生活方式，引起了轰动，以至于她觉得自己必须在第三部诗集《反叛》（1958）出版之前离开伊朗。1956 年，她去意大利学习电影摄影和艺术（或也是为了躲避毁谤）。她的意大利之行持续了九个月，之后她去看望在慕尼黑学医的哥哥。在那里她还学了一些德语，并在她哥哥的帮助下翻译了一本 20 世纪上半叶 29 位德国诗人的诗选。这本诗选在她死后于 1980 年出版，书名为《我的死亡终有一天会到来》，来自德国诗人奥西普·卡伦特尔（Ossip Kalenter）的一首诗，这首诗曾激励她写下《后来》一诗，也即她的墓志铭。

回到伊朗后，芙洛格成了才华横溢的电影制作人兼作家易卜拉欣·戈莱斯坦的助手。虽然戈莱斯坦已婚，而且比她大 13 岁，但芙洛格还是爱上了他，并与他同居，这是她在伊朗文艺界的又一桩"丑闻"。1960 年，芙洛格因家庭和经济问题以及与儿子的分离而抑郁，试图服用安眠药自杀，但未成功。

在戈莱斯坦的帮助下，芙洛格拍摄了几部纪录片，其中最出色的是根据大不里士一个麻风病人聚居地的生活改编的《房子是黑的》。电影拍摄期间，她在这个聚居地生活了12天，与麻风病人自由交往，并收养了一个名叫哈桑·曼苏里的患麻风病的男孩。这部电影于1963年获得德国奥伯豪森电影节最佳纪录片奖。

戈莱斯坦不仅引导芙洛格进入电影界，还帮助她阅读和翻译 T. S. 艾略特、埃兹拉·庞德和伊迪丝·西特韦尔等诗人的作品。巴赫曼·肖勒瓦尔，一位富有才华的小说家和翻译家（显然也是她一段时期的情人），也帮助她熟悉了英国诗人。与此同时，芙洛格对波斯诗歌的了解也越来越广泛。她在谈到自己创作早期三部诗集之前的那个阶段时说："因为阅读一部又一部诗集，我已经饱和了，而由于我饱和了，并且好歹有一点才华，就不免要以某种方式让它们倾泻出来。我不知道这些算不算诗。我只知道那时候有很多'我'，她们都很真诚。我知道她们也很随意。我还没有成形，还没找到自己的语言、自己的形式和心智世界。我生活在我们称之为'家庭生活'的狭小环境中。然后突然间，我的所有那些东西全被掏空。我改变了我周围的环境，或者说，它们自然而然地改变了。"

1964 年，她的第四部诗集《重生》出版。她当时的诗歌与以前的伊朗传统诗歌有很大不同。法罗赫扎德强烈的女性声音成了许多负面关注和公开反对的焦点，无论是在她生前还是身后。

1967 年 2 月 14 日，星期一，芙洛格去看望她的母亲。这是一次愉快的聚会，也许是她们多年来最愉快的一次。她已经上了工作室的吉普车，必须马上回去工作。她用冰凉的嘴唇亲吻了母亲。她母亲想起那句老话："当一个人的嘴唇冰凉时，他就在死神的门槛上。"她叮嘱芙洛格开车回去时小心点。芙洛格笑着说："妈妈，就像您常说的：老天爷想要什么，就来什么。"说着她跳上吉普车疾驰而去。回工作室的路上，在吉普车急转弯躲避一辆迎面开来的校车时，芙洛格被从车里甩了出来，头撞上水泥排水沟，当场死亡，时年 32 岁。当时她的创作力正处于巅峰。伊朗文艺界、知识界以及数百名普通人参加了她的葬礼，哀悼一位如此年轻、活得如此精彩的诗人。她被埋在了德黑兰山脚下的查希尔-道勒公墓，当时大雪纷飞。

1974 年，芙洛格的第五部诗集《让我们相信这寒冷季节的黎明》出版，这是她最后一部诗集，其中的书名同名诗可以说既预写了她自己的死亡，又有对未来或重生的憧憬：

> 让我们相信，
> 让我们相信这寒冷季节的黎明。
> 让我们相信这想象的花园的废墟，
> 相信闲挂着的镰刀，
> 相信被禁锢的种子。
>
> > 看，雪下得多大……
>
> 或许真相是那两只年轻的手，
> 那年轻的
> > 埋在雪下的手——
> 而来年
> 当春天与窗外的天空交结，
> 绿色树苗之泉将在它体内喷涌而出——
> 它们将开花，亲爱的，我最非凡的朋友。
>
> 让我们相信这寒冷季节的黎明……

芙洛格一共创作了五部诗集，大致可分为两类，早期的三部诗集（《囚徒》《墙》《反叛》）几乎全是传统抒情风格的内省和自白诗。正如标题所示，诗人正在探索自己作为一个被困在传统道德和价值观社会中的女性的身份。爱、性和浪漫是贯穿前两部诗集的主题，为芙洛格提供了一种自我表达和社会抗议的手段。在第三部诗集《反叛》中，对传统宗教信仰的质疑成为主导。到后期的《重生》和《让我们相信这寒冷季节的黎明》，芙洛格拓宽了看世界的视野。她经历了一次"重生"，不只关注她个人的冲突，还关注整个社会的困境。

在她生命的最后十年，或者更确切地说，在1964年《重生》出版之后，芙洛格找到了适合自己的方式和语言，现代波斯诗歌的奠基人尼玛*对其的影响毋庸置疑。芙洛格说尼玛对她来说就像哈菲兹†，"他是我的向导，但是我自己成就了自己。我始终依靠自己的经验。我首先要弄清楚尼玛是如何形成这种语言和形式的。如果我没找到（那个我自己），那就白搭，我就会成为一个肆无忌惮的模仿者。我得

---

* 尼玛（Nimā，1895—1960），伊朗诗人，被认为是现代波斯诗歌之父。——除特殊标明外，本书注释皆为译者所注

† 哈菲兹（Hafez，1325—1390），波斯诗人，其诗以语言简朴著称，能自然运用熟悉的意象和格言般的措辞，被认为是波斯最伟大的抒情诗人之一。

蹚过这条河,也就是说,'我得'活下去。当我说'我得'时,这个'得'解释和诠释了我身上一种自然和本能的执着。除了尼玛,还有好多(诗人)让我着迷,比如沙姆卢*。从我的格调和诗歌趣味来看,他是我最接近的诗人。"

芙洛格本人对她早期的三部诗集评价不高,声称她的诗歌实际上是从《重生》开始的。早期的集子模仿当代和古典波斯诗歌以及一些西方诗歌,只有在最后两部诗集中,芙洛格才真正确立了她作为一个令人印象深刻和有才华的诗人的地位。某些西方诗人的影响仍存在于她后期诗集的一些诗歌里。例如,《重生》或长诗《让我们相信这寒冷季节的黎明》中的段落让人想起 T. S. 艾略特的《荒原》,而《尘世之诗》的基调与《圣经》和《失乐园》的基调相呼应。一些伊朗诗人的痕迹也还能看出来,其中哈菲兹和尼玛似乎影响最大,她在一些采访中也承认了这一点。但这些影响在她后期的作品中通过自己新鲜、原创的声音被吸收和再现出来。因此,后来的两部集子标志着芙洛格的最佳创作状态。

---

* 艾哈迈德·沙姆卢(Ahmad Shamlou,1925—2000),伊朗诗人,被认为是现代伊朗最有影响力的诗人之一。

然而，早期的诗集对追溯芙洛格的个性和诗歌天赋的发展非常重要。在早期阶段，芙洛格作为一名典型的伊朗知识女性，处在严格的传统社会和西方的观念、生活方式的夹缝中，进退两难。在《囚徒》中，她发现自己面临着伊朗妇女所面对的残酷现实，她对爱情和婚姻的浪漫观念在一夜之间粉碎。她的诗歌经常明确反映她在现实生活中所面临的问题：被囚禁在无爱的婚姻中。例如，在《囚徒》一诗中，她把自己比作一只关在笼子里的鸟，希望她的情人能使她重获自由，然而她意识到，这种自由的代价将是离开她的儿子：

> 如果，哦天空，我想有一天
> 飞离这死寂的牢笼，
> 面对哭泣的孩子的眼睛，我该说什么？
> 忘了我吧，我就是一只笼子里的鸟。

女性在婚姻中的束缚在《戒指》一诗中也有体现。起初，对年轻的新娘来说，金戒指象征着幸福和生命，但随着岁月的流逝，她开始意识到这是一个不尊重婚姻契约精神的男人的奴役之戒。在《逃离》中，芙洛格用一种或许更为普通的方式，表达了生活在一个无法理解，更不用说宽恕她内心升起和激荡的欲望的世界中的痛苦。在那里，她也强调独立性，它最终将芙洛格塑造成有突出个性的人和诗人——尽管有被疏离的痛苦，但最终对她自己和她的诗来说，她是真实的：

> 我的心，哦疯狂了的，我的心
>
> 因为这种疏离感，它仍在燃烧，
>
> 别再对着陌生人诉苦了，
>
> 看在主的分上，停止吧，别再发疯了。

《墙》以哈菲兹的一则哈扎尔*开篇，并引用了海亚姆†、弥尔顿和歌德的语句，延续抒情诗的形式，并试图模仿哈菲兹抒情诗的纯粹性。芙洛格仍然希望她的情人能实现她的浪漫理想，把她带出"这座悲伤之城"。和在《囚徒》中一样，在《墙》中芙洛格大胆地公开表达了她内心深处对爱和性的感受。这

---

* 哈扎尔（ghazal），中东和印度文学与音乐中的一种抒情诗，诗句数目固定，韵律重复，多以爱情为主题，通常有配乐。

† 奥马尔·海亚姆（Omar Khayyam，1048—1131），波斯数学家、天文学家、哲学家和诗人，出生在波斯东北部尼沙布尔，生活在第一次十字军东征前后塞尔柱王朝的统治时期。

种表达的自由在今天看来可能不算什么，但对芙洛格那个时代的伊朗女性来说，是极其令人震惊和勇敢的。在她之前，伊朗的诗人从来没有这样坦率地表述过这些东西，而且这样露骨的表述被认为是大逆不道的。有点像 D. H. 劳伦斯，芙洛格颂扬爱与性，因为它们是人类生活自然而不可缺少的部分。她歌颂肉欲和爱情，仿佛要通过对它们的表达来安慰自己，并抨击这个压抑世界的虚伪。这种反抗在《罪》这样的诗中表现得很明显，她略带骄傲地坦承：

> 我犯了欢喜之罪
> 在一场热烈的拥抱中，
> 我犯了罪，在一对狂暴仇恨
> 钢铁般的臂膀里。

然而，不管是《墙》还是《囚徒》，在她桀骜不驯的自我肯定中，偶尔会出现一种负罪感——她家教和社会背景约束的残余。《罪》的最后一节，几乎是一种含糊其词的致歉：

> 我犯了欢喜之罪
> 身边一具颤抖疲软的肉体。

主啊，我不知道我做了什么，

在那空寂的幽暗里。

即使《沐浴》这首诗所赞美的是森林背景下一种纯粹的感官形式，而不是公开的性场面，但当她的身体陶醉在罪恶之泉的精神中时，仍然能感受到社会制约的重负。随着芙洛格的叛逆和自我坚持越来越大胆，那种负罪感逐渐被遗忘。在她的第三部诗集《反叛》里，在由三部分组成的《奴役Ⅰ》一诗中，芙洛格质疑了《古兰经》或《圣经》中概述的整个创造体系。例如，她质疑上帝创造撒旦是正义的这一观点：

是你，是你用一丛火焰制造出

这个恶魔，放他上了路。

和奥马尔·海亚姆一样，芙洛格更喜欢一个"恋人容易赢得她心爱的人"的世界，而她的叛逆源于她的出生和命运都不掌握在自己手中的事实。她抱怨道："我没成为'我'便进入了生命。""我看见自己在镜中，没有自我。"她质问上帝，他把他的创造物带到这个世界，主宰他们的命运；他让他们热爱美，给他们注入爱，然后却责备他们的行为。简而言之，整个体系是不公平的。

尽管《反叛》中的许多诗在抒情性质上与芙洛格前两部诗集相似，但社会关注，尤其是女性的困境成为这部诗集更具主导性的主题。个人与社会往往交织在一起。在《归来》和《一首给你的诗》等诗篇中，芙洛格表达了她对社会的不满，这个社会出于假道学式的伪善，不允许她见自己的儿子。在《一首给你的诗》中，她申诉了自己想"为我自身的存在发声"的愿望，但又抱怨不可能实现这样的愿望："唉，我是一个'女人'。"她转而对儿子说：

> 当你纯真的眼睛被吸引
>
> 翻开这本没有开头的混乱的书
>
> 你会看见多少年根深蒂固的反叛
>
> 在每一首歌的心中绽放

在《重生》这部诗集中，她把对女性困境的思考做了进一步拓展。然而，此时她个人的反叛精神让位于一种更广泛的社会表达，即无法容忍那些为了安全和舒适而"在酒鬼、疯子、流浪汉的／床上玷污爱情的贞洁"的女性。就像易卜生《玩偶之家》中的娜拉一样，芙洛格极力捍卫女性的尊严，她严厉谴责那些听天由命的人：

> 可能像一只发条玩偶
>
> 透过玻璃眼珠看外面的世界，
>
> 在毛毡盒子里一待数年，
>
> 身体塞满稻草，
>
> 包裹着一层层精致的蕾丝。

> 每次被一只手淫荡地拿捏，
>
> 都可能毫无理由叫喊：
>
> 啊，我是多么快乐，多么幸福！

由此，芙洛格前三部诗集中所表达的个人经验通向了对现代女性地位的更广阔的视野和情感。

1964 年出版的《重生》的确标志着芙洛格作品的一个新阶段。按评论家们的共识和芙洛格本人的说法，《重生》和其死后出版的最后一部诗集《让我们相信这寒冷季节的黎明》包含了芙洛格最好的诗歌。这些诗歌获得了新的维度和视角，开始质疑现代人普遍的命运。早期的集子中也并非完全没有社会关注，但正如我们所见，这些作品的基调主要是个人的。但在《重生》和《让我们相信这寒冷季节的黎明》中，重心发生了转移。对个人身份的追寻现在主要集中于在整个社会中寻找身份和目的，诗歌的愿景之声最后成为芙洛格确定自己渴望已久的身份的途径。《重生》中有几首诗可以被视为直接的社会评论。芙洛格注意到的周围世界的混乱和迷失是主要的主题，例如长篇讽刺诗《哦，宝石镶边的王国……》。这首诗的标题是一首爱国歌曲的歌名，整首诗是对伊朗官僚体制的严厉批评（一个人的身份只能通过无所不能的身份证来证明）。社会平庸和颓废的主题在《让我们相信这寒冷季节的黎明》中继续存在，例如《我的心为花园悲伤》。在这首诗中，芙洛格描绘了自己的姐姐，她生活在城市的上层阶级，和她做作的丈夫、做作的苹果树、做作的歌曲，一起住在做作的房子里——一种无休止的虚伪。芙洛格对家庭成员挨个进行尖刻的批评，他们每一个都代表一个特定的社会阶层，他们的态度和没有目的的生活方式使他们对周围的颓废和危险视而不见。

　　或许正是由于芙洛格感受到衰败遍布于她的社会和她的世界，孤独才成为她后期诗歌的主题和基调。这种孤独感经常勾起芙洛格对童年的记忆，与其对生活、兴奋和温暖的感受力形成强烈反差。在《在夜晚寒冷的街头》和《月亮的孤独》（后者本书没有收录）中，除了离别的情侣喊出的一声声"再见"，不再有任何声音。在《让我们相信这寒冷季节的黎明》这首标题诗中，我们发现 32 岁的芙洛格是"一个孤独的女人 / 在一个寒冷季节的门槛上""巷子里风在吹，/ 隐世的孤独的乌鸦 / 游弋于无聊的老树林"。《星期五》这首诗也体现了这种弥漫的孤独感，芙洛格所有的抑郁、孤独和倦怠感浓缩在四节诗的空间里，却又融合了一种怀旧的回忆，即曾经存在一个更充实、更有活力的时代。

> 啊，多么平静和骄傲
> 我的生命蜿蜒而行
> 　　　　　像一条奇异的溪流，
> 穿过这些寂静，孤独，星期五的心脏，
> 穿过这些荒凉，空旷，房子的心脏。

> 多么平静和骄傲，我的生命流过……

　　夜晚和机械化的画面，喧嚣的人群和腐烂的植物，渗入了芙洛格的诗歌世界。在《这只鸟终有一天会死去》这首简洁有力的诗中，我们发现"连接的灯黑了"。即便是人类的爱，在这个疏离和精神死亡的场景中也被视为窒息，如在《伴侣》一诗中，做爱之后，恋人之间并没有真正的连接，"两颗心"最终等同于"两份孤独"。

在芙洛格后期的诗作中，死亡开始作为一种形象和主题出现。《尘世之诗》的景象也许最显著地传达了这种日益加深的阴郁、焦虑和对死亡的关注。太阳已变冷；鱼和草，两种鲜活的生命都已枯竭。出生只带来"无头婴儿"，甚至它的再生潜力也消失了，因为"大地不再接纳死者"。在这片土地上，残酷和变态盛行，"男人们割开彼此的喉咙／将未到青春期的女孩推倒在／血染的床单上"。因此行刑仪式会让他们衰老疲惫的神经兴奋就完全不足为奇，仿佛生命和爱情已被恐怖和死亡所替代，在这些"黑暗和痛苦"的日子里再也没人会想起它们。

尽管如此，除了这些骇人的诗歌之外，芙洛格的后期作品中也有一些极佳的抒情篇什。这种抒情有时包含对童年记忆非常敏锐的描述，是对当下挫折感和衰败感的一种释放和缓解。也有情歌，芙洛格在其中达到了一种诗性的美和抒情的层次，而不仅仅是对她在自己的世界感到沮丧的反应。相反，它们似乎属于一种新愿景的出现，或者芙洛格内心世界一面的表达，即便有颓废围绕，这一面也并未死去。例如，《日出》有一种（很难在翻译中充分再现的）近乎狂喜的节奏，完全不逊于贾拉鲁丁·鲁米《夏姆士集》中一些最出色奥妙的哈扎尔。在诗中我们看到芙洛格的情人带着她到远方，到诗歌和激情盛开的城市，到他来自的光明和芬芳之地。《风会把我们带走》或者《我将再一次向太阳致意》则没有那么狂喜，但有着类似的爱和信念。在《我将再一次向太阳致意》中，芙洛格肯定她"将再次向那些爱着的人致意，/ 还有那个女孩——/ 她仍站在充满爱的门槛上"。

芙洛格后期作品中的视野大多是黑暗的，但也有希望的微光和光明的暗示。重生、死亡和新生的主题开始成为她诗歌的中心，在诸多苦闷情绪和抒情的肯定之间架起了一座桥梁。在《重生》一诗中，尽管有腐朽和衰败，但仍有许多关于重生和成长的内容。

芙洛格始终在大自然丰饶和再生的意象中构想重生。在《我将再一次向太阳致意》中，芙洛格自身成为大自然的一部分，将其外在形式感知并内化为她自身存在的积极方面。她向体内流动的溪流致意，向作为她最高思想的云彩致意，向大地致意——怀着"重新创造我的欲望"，她用绿色的种子填充大地燃烧的腹部。在《唯有声音留存》中，她承认死亡不可避免，但将其视为更大的大自然整体的一部分。因此，她将自己再次与大自然相连以宣告再生："我将一捆捆未熟的小麦抱在胸前 / 给它们乳汁"。大自然是生命、诞生和爱，其过程包含从衰败和死亡中获得拯救的希望。她与大自然的联系时而让她产生宏大的甚至是预言性的愿景，比如在《边境墙》中，她写道：

> 在夜的庇护下，
> 我卸下月亮的重负。
> 让雨滴填充我，用小小的
> 心灵，未出生的孩子。
> 让我被填满。
> 或许我的爱会是
> 另一个基督诞生的摇篮。

在追溯芙洛格诗歌整体的发展过程中，我们见证了一场转变，即从她早期作品中对爱与性的内省和相当有限的处理转向更加广阔的视野，在审视周围世界的同时进行自我探索。这一转变显然不是远离自我，而是通过对更大现实的感知和对抗来理解自我——既有机械化的现代世界阴暗的社会现实，又有自然的、再生性的世界鼓舞人心的现实。因此，芙洛格诗歌的发展反映了她自己向内的探索，她在给情人易卜拉欣·戈莱斯坦的信中表达了这一点："我想穿透一切，尽可能地深入到所有事物中去。我想到达大地的深处。我的爱在那里——种子在那里生长，根系在那里相接，在衰败中继续创造。就好像我的身体是这一活动的一种短暂的形式。"如果她的身体是大自然创造活动的一种短暂形式，那么她的诗歌肯定是为了表达这种活动而存在的。因为凭借她成熟作品的更广阔的视野，芙洛格在艺术上达到了超越单一时间或地点限制的境界。芙洛格在她最后时期的一首诗中写道："唯有声音留存"，这也许是对她自己诗歌的预言：

声音，声音，唯有声音。
水的声音，它流动的愿望，
星光倾泻在大地雌蕊上的声音，
卵子在子宫里凝结成意义的声音，
爱的思维凝结在一起的声音。

声音，声音，声音，只剩下声音。

对自由的向往、对压迫的反抗和对革命的希望一直存在于现代波斯诗歌中:迈赫迪·阿卡万[*]的《冬天》描绘了沙阿时代严酷压抑的气氛;艾哈迈德·沙姆卢在《死胡同》中写道:"他们嗅探你的呼吸,唯恐你说了'我爱你'""他们搜索你的思想。你得把上帝藏在壁橱里"。同样,在芙洛格的诗中,一种对喘息空间的叛逆渴望也显而易见。芙洛格打了两场仗:她在反抗一个非民主社会的压迫的同时,也在为受到双重压迫的妇女的权利而战。她不仅是一位独特的、才华横溢的诗人,还敢于以一种波斯文学中前所未有的开放和坦率,表达自己对爱、性、社会和自我的感受,使自己成为一名杰出的女性。她被认为是近年来伊朗女性运动的先驱之一,这些先驱者所展现的胆识和英勇,我们在绿色运动[†]中已经有所见识。尽管她在许多诗中表现出绝望,但她仍

---

[*] 迈赫迪·阿卡万-萨勒斯(Mehdi Akhavān-sāles,1929—1990),伊朗著名诗人,波斯语自由诗(新体诗)的先驱之一。

[†] 绿色运动或绿色浪潮,西方媒体也称之为波斯的觉醒或波斯之春,指的是2009年伊朗总统选举后出现的政治运动,在运动中,抗议者要求将穆罕默德·艾哈迈迪·内贾德赶下台。绿色最初被用作米尔·侯赛因·穆萨维竞选的标志,但在选举后,它成为那些要求废除欺诈性选举的人之间团结和希望的象征。

相信再生和重生，这或许是预言性的。她在《重生》一诗中写道：

> 我将我的手种在花园的泥土中——
> 我将生长发芽，
>
>   我知道，我知道，我知道。
> 燕子将在我沾满墨水的
> 掌心里筑巢。

最终，芙洛格找到了一种与大自然、与她的人民之间宇宙尺度的诗意连接。

哈桑·贾瓦迪

目　录

反叛（1958）

重生（1964）

让我们相信这寒冷季节的黎明（1974）

囚徒

（1955）

悲伤

像一个女人散乱的头发
卡鲁恩河在赤裸的
岸的肩膀上蔓延。
太阳消逝，夜晚的热气
飘过水面跳动的心脏。

远远望去，河的南岸
醉爱在月光的怀抱。
夜以它万千明亮充血的眼睛
监视着无辜恋人们的床。

甘蔗田睡熟了。一只鸟
自它的黑暗里啼叫，
月光急忙去看
是什么恐惧使得它这般绝望。

河的皮肤上，棕榈树影
在微风性感的触摸下颤抖，
寂静隐秘的夜的深处
青蛙唱响它们的蛙鸣。

在这欢喜之夜的至福中
遥远的你梦幻的双手靠近，
你的香气波浪般涌来，你的眼睛
在水面熠熠闪亮，又暗淡。

我可怜的心，热切而充满希望，
被你的爱之手俘虏。
你远航在你自己的河上，抛下这土地——
哦，咔嚓折断的我激情风暴的树枝！

爱的进行时

今夜，星星自你眼中的天空
洒落在我的诗上，
我的手指迸发火花
点燃这些空白纸页的缄默。

我发烫，疯狂的诗歌
羞愧于它的欲望，
再一次将自己投进火焰，
那火焰残酷的渴求。

是的，爱就这样开始了，
尽管这条路看不见终点，
但我不考虑终点。
我所爱的是爱的进行时。

为什么要逃避黑暗？
这黑夜到处是钻石点滴。
再晚些，茉莉醉人的香气
流连于疲惫的夜的躯体。

让我在你中迷失自己
直到没人能找到我的踪迹。
让你露湿的叹息之狂热灵魂
拂过我歌吟的肉体。

包裹在睡眠的丝绸中
让我生出光的翅膀，
穿过它敞开的门
飞越这世界的藩篱和壁垒。

你知道我想要什么样的生命？
能和你一起的那种，你，全部的你，
而假如生命重复一千次，
还是你，你，再来，还是你。

隐藏于我中的是一片海：
我是怎么藏的？

我该如何描述它
里面的风暴？

满脑子都是你
我想奔跑穿过草地，
一头撞向山石，
把自己献给海浪。

被你充满着
我想揉碎自己像揉碎一粒灰尘，
轻轻把头放在你的脚边，
紧贴你失重的阴影。

是的，爱就这样开始了，
尽管这条路终点在视线之外，
但我不考虑终点
因为这便是我热爱的爱的进行时。

戒指

女孩笑着问道：
这枚金戒指的意义是什么
这只紧抓着我手指的
箍子，意义是什么？

这枚黄澄澄金灿灿的箍子
的隐秘的意义，是什么？
男人，愣了一下，回答说，
这是好运的戒指，生活的戒指。

大家祝贺道：穆巴拉克*！
她说：唉，

---

* 穆巴拉克，波斯语中祝福或祝贺的意思。(见 *Sin*，trans. Sholeh
Wolpé)

我对你所说的它的意义感到不安。

多年过去了，一天夜里
一个神情黯然的女人瞥了一眼她的金戒指
在它金灿灿的光泽中她看到
岁月荒芜……荒芜，
等待着她丈夫的忠诚。

她悲从中来，叹息道：唉！唉！
这只箍子——
黄澄澄金灿灿的——
却是束缚的钳子，奴役的钳子。

囚徒

我想要的是你，但我知道
为何我永远无法遂心地拥有你，
你是明朗无云的天空
而我是囚在笼子里的鸟。

在冰冷的铁栅栏后面
我渴望地凝视你的脸，
幻想一只魔法之手出现
解放这只鸟飞向你的道路。

我幻想在看守者松懈的片刻
逃离这死寂的牢笼，
冲着他的眼睛大笑，然后
投入你身边的生活中去。

我梦想这一切，但我知道
我没有离开的力量；
即便我的看守放我走，
我却没有足够的气息飞翔。

铁栏杆后面，一个男孩
在每个被阳光窒息的早晨微笑，
睁着大大的眼睛，嘴唇送上亲吻
当我用颤音唱出动听的歌谣。

如果，哦天空，我想有一天
飞离这死寂的牢笼，
面对哭泣的孩子的眼睛，我该说什么？
忘了我吧，我就是一只笼子里的鸟。

用我燃烧的心的火焰
照亮这昏暗无光的废墟。
假如我选择熄灭
我会把这巢穴夷为灰烬。

逃离

主啊，我不知道我想要什么，

我日以继夜都谋求什么，

我疲倦的眼睛在找寻什么，

这颗燃烧的心为何这般沮丧。

从朋友聚会上逃离，我悄悄

来到一个角落，安静又平静，

倾听着我内心的疾苦，

视线陷入黑暗深邃的阴影。

我逃离所有这些人，和我一起时

都假装出友谊和真诚，

但背地里，全然令人不齿，

在我的衣角上系二百个亮片。[*]

这些人，听我诗的时候，
像芬芳的花朵般在我面前微笑，
坐在他们自己僻静的地方时
就称我为名声不好的疯女人。

我的心，哦疯狂了的，我的心
因为这种疏离感，它仍在燃烧，
别再对着陌生人诉苦了，
看在主的分上，停止吧，别再发疯了。

---

* 在波斯语中，"把亮片系在我的衣角上"即意味着"玷污我的名声"。（见 *Another Birth*，trans. Hasan Javadi & Susan Sallée）

墙

（1956）

罪

我犯了欢喜之罪
在一场热烈的拥抱中，
我犯了罪，在一对狂暴仇恨
钢铁般的臂膀里。

那寂静空虚的幽暗中
我凝视他充满神秘的眼睛，
感觉到我焦渴的心
在胸口急切难耐地颤动。

那寂静空虚的幽暗中
我坐在他身边，意醉神驰，
他的唇在我的唇上倾泻欲望，
悲伤松开了我发狂的心。

我在他的耳边倾诉爱的抒情：
哦我的生命，我的爱，我要你。
赋予我生命的拥抱，我要你。
疯狂的情人，我要你。

情欲点燃了他的双眼，
红酒在杯子里摇曳，
我的身体，赤裸而迷醉，
在他的胸上轻轻战栗。

我犯了欢喜之罪
身边一具颤抖疲软的肉体。
主啊，我不知道我做了什么，
在那空寂的幽暗里。

沐浴

在馥郁的空气里脱掉衣服
赤身裸体沐浴在泉水中，
但宁谧的夜引诱我
向它讲述我幽暗的故事。

凉爽、闪烁的水波
咆哮着强力将我包围，
用柔软的、水晶般的手
将我的身体和灵魂揽入。

远处的微风匆匆赶来，
将一抱鲜花倾撒在我的头发，
将欧亚薄荷辛烈、蹿心的
气息吹进我的口中。

安静，飘飘然，我闭上双眼，
将身体贴在柔嫩的灯芯草上，
像一个被搂进恋人怀抱的女子
将自己献给这流水。

激奋，焦渴，发烫，我大腿上
水之唇荡漾颤抖的亲吻，
我们骤然坍塌，陶醉，满足，
两个罪人，我的肉体和泉水之魂。

迷失

——为图希·海尔里医生

遗憾的是，在所有疯狂过后，
我不相信我又好了，
因为她已在我中死去，而我
变得懒散，沉默，厌倦。

我不停问那可怜的镜子：
告诉我，在你眼中我是谁？
但我清楚地看见我甚至没有一点
以前那个女人的影子。

像一名印度舞者我踏着风骚的脚步，
但我是在我自己的坟墓上跳舞。
我用我悔恨的火焰
照亮这悲哀的废墟。

我不问阳光照耀的城市怎么走，
因为我无疑身处一座坟墓的深渊。
我拥有一件珍宝，却恐惧地
将它隐藏在沼泽深处。

我前往，但不问自己什么路，
哪个家，目的地何处？
我送出亲吻，但我甚至不知道
在我烦乱的心中谁是那座神。

不管她是谁，当她在我中死去时
我的眼神就变了。
仿佛这黑夜的两只冰手
将我不安的灵魂拉进了它的怀抱。

是，这就是我，但有何用？
曾在我中的她，没了，消失了。
我气急败坏地叫嚷着，
她是谁？是谁？

悲伤崇拜者

我希望我像秋天……我希望我像秋天

我希望我，像秋天，沉默，忧悒

我欲望的叶子将一片片变黄

我眼睛的太阳变冷

我心的天空充满痛苦

一场悲伤的风暴突然间攫住我的灵魂

泪水雨点般打湿的我的衣裳

哦……那该有多美，假如我是秋天

我将肆意而狂热而多姿。

我眼中，一个诗人阅读……一首天上的诗

我身旁，爱人的心在令人疼痛的

暗火的余烬中爆开

我的歌……

像断翅的风声

悲痛的香气倾泻在受伤的心上

我面前：

青春的冬天苦涩的脸

我身后：

一阵突如其来的爱情之夏的喧嚣

我心里：

悲伤和苦恼和猜疑的家

我希望我像秋天……我希望我像秋天

墙

在一道道闪过的寒光中
你沉默粗暴的眼睛
在我周围竖起一堵墙。

我逃离你，沿不知名的道路
去看月色朦胧的田野，
在远处泉水中洗刷我的身子，
在陡峭的光之路上滑行，
在温暖的夏日早晨彩色的雾霭中
用百合花装点我的裙子，
听农人屋顶上公鸡的啼叫。

我逃离你，投入牧场的怀抱
双脚结实地踏上它的绿色
啜饮草叶上清凉的露水。

我逃离你
自一块迷失在乌云中高高的
巨石上遥望大海，遥望
废弃的海滩上大海晕眩的舞蹈。

像一只日落时的野鸽子
我要把沙漠，山峦，天空
尽揽于翅膀之下，倾听
丛林中干燥的皱褶之间
野鸟们兴高采烈的歌声。

我逃离你
离你远远的，以便进入
我的梦想之城，打破
我幻想宫殿的
沉重金锁。

但你眼睛无声的咆哮
模糊了我视线中所有通道
在它狡诈的秘密黑暗中
竖起一堵墙包围我。

然而我要逃，

逃离那怀疑的魔咒，

像梦里花朵的香气般逸出，

飞身去太阳的堤岸，

在夜间和风起伏的发缕上滑行。

当摇颤的光的手指

像一支旋律在欢乐的天空蔓延，

我要轻轻滑进镀金的云床，

俯瞰一个在无边宁静中酣睡的世界。

从那里，无虑而自由，

我将注视你的萨满眼睛

模糊我视线中所有通道的地方

并在它们狡诈的秘密黑暗中

竖起一堵墙包围那个世界。

反 叛

（1958）

反叛的上帝

假如我是上帝，我要在某夜召唤天使
将圆满的太阳投入黑暗的熔炉，
一怒之下令世界花园的仆人
把这枚黄月亮从夜的枝头剪去。

午夜时我要在我神圣宫殿的帷幕之间
用我狂暴的手指把世界上下翻个个儿，
用双手，厌倦于群山千年的沉寂，
将它们填进大海敞开的嘴。

我要放开一千颗炽热星星的脚，
将火焰之血散入森林无声的血管，
撕碎烟的帷幕，让火的女儿
在风的咆哮中醉倒在森林的怀抱。

我要吹奏起夜的魔法芦笛，

直到河流像干渴的蛇从河床升起，

厌倦了终生在一片潮湿的胸膛上滑动，

倾身汇入夜空昏暗的沼泽。

我亲切召唤风来解开

夜之河上的花香船。

我打开坟墓让无数的游魂

再次在肉体的局囿中寻求生命。

假如我是上帝，我将在某夜号召天使

在地狱之镬中煮沸永生之水，

用火把驱逐在一个不贞的天堂

的绿色牧场上吃草的尚善的羊群。

故作正经得够了，我要寻找午夜撒旦的床

在打破律则的堕落中求得庇护。

我甘愿用神圣的金王冠换取

这黑暗、痛心的，一种罪孽的拥抱。

一首给你的诗

我在这干渴的夏夜

为你写这首诗

在这趟不祥旅程的中途

这无尽悲伤的古老坟墓里

这是你睡觉的摇篮脚下

最后的摇篮曲

这声号哭的狂野色彩

或将席卷过你青春的天空

让我，这流浪者的影子

和你的远远分离

总有一天我们将重新团聚

除了上帝，没人能挡在我们之间

靠在一扇黑暗的门上
因为痛苦而紧蹙着额头
怀着希望，我用我冰冷、细瘦的
手指抚摸这扇敞开的门，

我是那个被打上耻辱烙印的人——
笑对徒劳的嘲讽并喊出：
"让我为我自身的存在发声！"
但是，唉，我是一个"女人"。

当你纯真的眼睛被吸引
翻开这本没有开头的混乱的书
你会看见多少年根深蒂固的反叛
在每一首歌的心中绽放

在这里，星星都熄灭了
在这里，所有的天使哭泣
在这里，晚香玉的花
比沙漠荆棘便宜

这里，羞耻和伪善的恶魔
坐在每一条路的尽头，

黎明的曦光在阴暗的天空中苏醒
我看不见

让我的眼睛，再一次
充满并洋溢露珠；
我已出离自身，以揭开
天真的圣母们脸上的面纱

我被从好名声的岸上拽走
暴风雨之星在我的胸口闪耀
我愤怒之火的飞行界限
啊，是这监狱之黑暗的距离

靠在一扇黑暗的门上
因为痛苦而紧蹙着额头
抱着希望，我用我冰冷、瘦削的
手指抚摸这扇敞开的门

这群道貌岸然的禁欲主义者
要争过他们，我知道并不容易；
你和我的城市，亲爱的宝贝，
长久以来都是魔鬼的巢穴

总有一天，你的目光悲悯地

在这首痛苦之歌上游移；

你将在我的字词间寻觅我

内心默念着"她是我的母亲"

结

如果明天没有到来
我将永远留在你的身边
在你爱的阳光下
永久吟唱我爱的歌谣

你窗外远处，夜
投来寒冷黑色的凝视
黑暗中，你眼睛的隧道
通向最深处你的灵魂

我们的形象，破碎，静止
在尘封的镜子里向下滑动
你的头发是麦秆的颜色
我的，波浪状，漆黑

一个秘密在我的心头燃烧
我想跟你说话
但一个结阻断了我的声音
树荫里，灌木下，什么也不生长！

从那里，我疲惫的目光飞离
在我身体周围旋转不定
金色相框里，弥赛亚的眼睛
嘲视着我的痛苦

我看见房间一片狼藉，你的书
横七竖八掉在我的脚边
我的发夹掉落
在你床上

鱼缸里
不再有冒泡的水声
是什么烦恼
让你的老猫醒着？

喑哑又疲惫，我不安的目光
再次转向你

我想让它跟你说话
但面对你，它沉默无声

然后，泪水的白星星
在我的睫毛之夜里闪亮
我看见你的手，像一朵云
朝我惊愕的脸庞靠近

我看见你呼吸的温暖翅膀
拂过我冰冷的脖子
仿佛一阵迷路的微风
在我痛苦的野生丛林中沙沙作响

一只手将沉默的铅
和寂静的谷粒倒进了我的心
厌倦于这种痛苦的挣扎
我动身去往遗忘之城

我忘记了明天的悲伤
我说："旅途"是一则苦涩的童话
突然，那芬芳的黄金时刻
传遍我的生命——

那夜，我从你的嘴唇

饮下了幸福之歌

那夜，你的吻将一滴永恒

洒进我的爱情之口

归来

这条路终于结束，
我从旅途抵达，满身灰尘。
眼睛飞奔向前方，嘴边
是温暖的问候：赛俩目[*]！

城市在正午的热浪中烘烤，
街巷煎熬于太阳的高烧；
我颤抖，焦急的双脚
踩踏着无声的卵石。

家的颜色显得陌生：
尘封，暗淡，阴冷。

---

[*]　赛俩目，穆斯林之间的日常问候语，意为：愿真主赐你们平安。（见
Sin，trans. Sholeh Wolpé）

黑罩袍皱褶间的面孔们
像鬼魂戴着镣铐。

小溪，干枯如失明的眼睛，
现在没有水，没有他的踪迹。
一个唱歌的家伙路过，
用歌声塞满了我的耳朵。

圣人清真寺熟悉的圆顶
像一只破碗；
一名信徒在它高高的尖塔上
唱诵悲伤的午祷。

赤脚的孩子们手拿着石头
追赶一只狗。一个女人
从她的面纱后面大笑，风
突然关闭一扇小小的窗子。

潮湿的门廊的黑嘴里
溢出死亡的恶臭。
一个盲人敲着手杖从我身边经过。
熟悉的东西现在越来越近。

一扇门静静打开。

手拉我进去。

泪水从眼睛的云中掉落。

手将我推开。

墙上，老常春藤长成了

战栗溪流的涟漪；

叶子，带着岁月的苍郁，

蒙受着时间的灰尘。

我的眼睛询问，

我该去哪个角落寻找他？

但很快就发现我的房间里

全无他孩子气的喧闹。

突然他的身影从镜子

那大地般冰冷的胸膛绽放而出，

他的目光，不安又恐惧，

像天鹅绒波浪在我身上掠过。

我靠在墙上，轻声说：

是你吗，卡米＊？但我看到
从我痛苦的过去中除了
一个名字，什么——
　　　　　　　也没留下。

路终于到了尽头，我
从旅途抵达，满身尘土。
我很渴，但这条路并不引向泉水。
啊，我的城成了我梦的墓地。

＊ 卡米，法罗赫扎德儿子的昵称。

44

自远方

我望向你的城镇探看你的手掌

没有你进一步的消息或征兆

路上没有一丝希望的月光

心中没一丁点暗藏的秘密

沙漠被烧焦，没有春雨之吻

细小的雨滴

茫茫夜色里，没有骑手的马蹄声

在看不见的道路

你只是当她在你怀里迷失的

那一刻与她融而为一

当你松开你环绕的手臂

我很清楚她已被遗忘

是谁用她亮闪闪的眼睛和燃烧的

嘴唇在路的拐弯处吸引了你？

或在那静谧神奇的圣殿

她的手点燃了罪恶之灯？

你从未给过我你的心，即便

我的渴　火一样烫着你的躯体

在传说中佐赫蕾*的学校

学习过巫术的我

像海岸线一样向你张开怀抱

我心的渴望是成为你的爱人

"怎么我从一开始就不知道"

"总有一天我会惹恼你的心"

此后我不会想要你的任何东西

---

* 据《古兰经》所述，哈鲁特和玛鲁特等天使向上帝抗议说，地球
上的人被允许犯罪而没有适当的惩罚。神决定让他俩试着抵挡这
些令人犯罪的诱惑，把他们送到巴比伦去。他们迷上一个名叫佐
赫蕾的漂亮女人，她用美酒灌醉并引诱他们，骗他们说出上帝最
伟大的名字，借助此手段，她把自己变成了星星——金星。(见
Let Us Believe in the Beginning of the Cold Season, trans. Elizabeth T.
Gray, Jr.)

没有问候，没有音信，无迹无踪

我要走我自己的路，让你走你的路

你不一样了，再也不是以前的你

后来

有一天我的死亡将到来

在光辉明亮的春天

在长雾弥漫的冬夜，或者

在一个秋日，没有喊叫，没有热情。

有一天我的死亡将到来，

这甘苦岁月里的一天，

又一个空虚的日子，

昨天的写照，明日的阴影。

我的眼睛，两条暗淡的走廊，

我的脸颊，冰瘵的大理石，

睡眠骤然间将我攫住，

吸干我痛苦的叹息。

我的手，轻轻自书页滑落

不再为诗歌着迷——

我记得同是这双手

血管中曾燃烧诗歌的火焰。

大地召唤我回归她的怀抱。

人们很快就来把我埋葬。

啊，或许我的情人们在深夜来临，

将鲜花放在我凄凉的墓前。

突然，我黑暗生命的帷幕被掀开，

入侵者的眼睛

在我所有的文件、笔记上

溜来爬去。

后来，一个陌生人进入我的房间

站在我的记忆中

镜子旁，那里还留着

我手的印记，一把梳子，一缕头发。

我从我自身解脱；

剩下的任凭它腐烂。

我的灵魂，一叶渺远的
船帆，消失在地平线之外。

日，星期，月
将匆忙地互相追赶。
你的眼睛牢系道路的眼睛，
期待着一封我的来信。

可是啊，泥土将压上
我冰冷的躯体也压着它自己，
而我的心脏，远离你
和你跳动的心，就要在尘泥下腐烂。

墓碑上，我的名字
被风雨慢慢消蚀，
在路边，我的墓面目不详
没有关于我，和我的耻辱的传说

1958 年冬

慕尼黑

奴役 I[*]

　　进入存在，首先是无助的，他培养我

　　除困惑外，生命中一无所成。

　　不甘地离去之后，我们永远不明白

　　在这到来、活着、离去中可能有何种目的。

　　　　　　　　　　　　　　——奥马尔·海亚姆

一个神秘的疑问在我的唇上投下阴影，

一种不安的痛苦在我的心头燃烧生命，

这个叛逆灵魂困惑不解的秘密

今天我想要向你说出。

尽管你从你的门槛驱逐我，但只要

＊　本诗为节选，诗节之间省略的部分以省略号表示。

我在这里，仆人，而你在那里，主，
我黑暗凄凉的故事就不会是一个
开头和结尾都与你无关的传说。

半夜里摇篮安静地摇晃，
全不知人类痛苦的迁徙；
像在风暴之口中颤抖的小船，
我被一只未知的神秘之手牵引。

在我眼前的庄重陌生的面孔，
星星在屋顶垂泪的房屋，
对牢狱和锁链闪光的恐惧，
最最敬爱的唯一真主的恩典故事！

大地冰冷的胸膛和墓碑，
每一声问候一个黑影的致辞，
两手空空和一片遥远天空里
太阳病态发烧的黄色。

一场无尽的寻找无用的挣扎，
道路黑暗而脚步疲惫，

西奈山 * 顶上没有火的迹象，
紧闭的门里没有传来应答。

啊……我的悲叹传到你耳边了吗？
将自我崇拜的奖杯摔碎在石头上吧，
和我，一个凡人，一起坐一会儿，
从我诗歌的唇边啜饮生命的苦涩。

* * *

我是什么？一个欢愉之夜的孩子，
一个陌生人将我推到这条路上；
曾经一个肉体交缠于另一个肉体，
我便无端地来到这个世界。

你几时放我自由，让我能
睁大双眼为自己选择一种形式——
选任何我愿意的人做母亲，
踏上无囚禁束缚的道路？

---

*　西奈山，西奈半岛南部的一座山峰，高 2285 米，被认为是摩西
接受十诫的地方，基督徒称其为圣山。

我生来就是为了成为你的世界里
两个躯体燃烧的纽带之物；
我们以前什么时候认识的，你和我？
我没成为"我"便进入了生命。

日月流逝，黑暗潜入我的眼睛
你盲目而持久的夜的黑暗
日月流逝，摇篮曲的歌声死去
我耳中充满你的声音

"童年"像彩色翅膀的燕子
飞去别处的天空；
思想自生的种子在我的头脑中萌动，
一名不速之客敲了敲门。

我要在幻想的沙漠里奔跑，
喝醉酒坐在它的泉水旁；
我要折断神秘的树枝，
而它的灌木每一刻都发出新枝。

我的道路通向遥远的田野和平原，

我漂浮在我思想的浪潮之上；

我匍匐在流浪的波涛中央，

从我的脚上扯去黑暗的锁链。

终于有一天我平静地问自己：

我是什么？我从哪里来？

假如我纯然是那温暖的生命之光，

我散发自哪片神秘的天空？

…………

紧随那神秘应答的是恐惧——

我踏上了一条黑暗曲折的道路；

你在那"尽头"投下一道阴影，而我知道

我什么也不是，从头到脚都不是。

你在那"尽头"投下一道阴影，你的手

握着一根绕在人们脖子上的绳索；

你正拖着他们走上人生的曲折之路，

而他们的眼睛却盯着另一个世界。

你拖他们走在路上，一边诵念着：

愿地狱之火成为异教徒的代价！
选择了撒旦而非我的人，
愿地狱之火烧焦他的灵魂！

是你创造了这个该死的恶魔，
让他反叛，又把他赶向我们；
是你，是你用一丛火焰制造出
这个恶魔，放他上了路。

…………

我们的眼睛一旦遇到生命的眼睛
我们便遇到罪——这个模棱两可的名字；
你所创造的罪，它自己行动
冲我们扑上来，我们变成了罪。

我们，假如你和你的仁善与我们同在，
会知晓倾向和偏爱恶魔吗？
他的踪影或脚步声还会留在
这个团结又激烈的反叛灵魂中吗？

你一步步地将我和我们拖进坟墓，

这样你就能说:"我意力至此!"

这样我和我们就能成为你力量的体现,

你是我们头上冰冷的铁橇。

重生

（1964）

那些日子

那些日子去了，

那些好日子，

郁郁葱葱快活的日子，

缀满亮片的天空，

樱桃沉甸甸的树枝，

一座挨一座常春藤围绕的房子，

屋顶上放飞的嬉戏的风筝，

巷子里金合欢令人晕乎乎的香味。

那些日子去了，

曾经歌声像醉人的气泡

自我的眼皮间涌动，

我的目光在每样事物上滑动，

畅饮它们，如畅饮鲜牛奶。

仿佛我瞳孔里住着

一只快乐不安的兔子，每天早晨

和古老的太阳一起探索未知的领域，

每个夜晚又融化于森林的黑暗。

那些日子去了，

那些寂静的下雪天，我从

温暖的房间里凝望着窗外的雪

——我纯洁无瑕的雪——

像柔软的棉绒降落在一架旧木头梯子，

松懈的晾衣绳，老松树的皮毛；

而我设想着明天——

明天……一团滑溜溜的白。

它常常从祖母的查多尔 * 的沙沙声开始，

门道里出现她忙碌的影子——

即刻就被光的冰冷、沉重的触摸释放。

它常常从彩色窗格上令人晕眩的

飞翔的鸽子图案开始。

明天……

---

* 查多尔（Chador），穆斯林妇女穿的一种宽松的通常为黑色的长袍，从头裹到脚并遮住脸的大半部。（见 *Sin*，trans. Sholeh Wolpé）

科尔西 *的温暖让人瞌睡，

而我，迅速而无畏地，

背过我母亲的眼睛

把旧作业本上的对钩擦去，

雪停的时候

我会在花园徘徊——闷闷不乐。

我要把我的死麻雀

埋在枯萎的茉莉花脚下。

＊ ＊ ＊

那些日子去了，

那些充满狂喜和惊叹的日子，

白日梦和幻想的日子，

每一个影子都携带秘密

每一个盒子都预示隐藏的宝藏，

---

* 科尔西（Korsi），一种矮桌，上面铺一条大毯子，下面放置一个
加热器或小烤炉来取暖。桌子周围放着大枕头，人们可以在桌子
周围坐下或睡觉，用毯子覆盖住身体。科尔西就像是今天的电
热毯，在没有集中供暖的年代，这是一种常见的取暖方式。（见
Sin，trans. Sholeh Wolpé）

正午的寂静中，

储藏室每一个角落都是一个世界。

任何不怕黑的人

在我的眼里都是英雄。

那些日子去了，

那些新年的日子，

期待太阳，期待花朵和花的芬芳，

期待晚冬的水仙花之旅——

害羞而安静的花束在唱歌小贩的手推车上

走遍一条条绿色装点的街道。

巴扎*浸泡在香气中——

强烈的咖啡的香气，鱼的气味。

巴扎被纷乱的脚步压平，

随着它与时间的交融而伸展，

在每个洋娃娃的眼睛深处旋转。

巴扎是冲进它缤纷变换的人群又回来的

母亲，怀抱满满的礼物，

篮子里装满货品。

---

* 巴扎，集市，或露天市场。

64

巴扎是那雨水，流啊，流啊，流啊流。

* * *

那些日子去了，

那些凝视着肉体隐秘的日子，

那种拘谨的亲密，以及一只拿着花，从

墙后面召唤另一只手的手

的蓝血管之美——

一只沾了墨水的小手，

焦虑，颤抖，惴惴不安……

而爱在一声羞怯的赛俩目中揭开面纱。

我们在炙热的、烟熏火燎的

正午，在小巷的尘土中

歌唱我们的爱。

我们熟悉蒲公英简单的语言。

我们把我们的心带去无辜的痴恋之果园

将它们借给树木。

球来来回回，传递着我们的吻

而爱——那混乱的感觉

突然吞没我们，在一阵炽烈的呼吸，心跳，

和遮遮掩掩的微笑里将我们绑在一起。

* * *

那些日子去了。

像连根拔起的植物在太阳下枯萎，

那些日子，也，在阳光下腐烂。

那金合欢香味弥漫的小巷

如今淹没在拥挤的单行道中；

而那个用天竺葵叶子

涂抹脸颊的女孩……

啊，现在，是一个孤独的女人。

一个孤独的女人。

流逝

一个人要辗转多久
从一地到一地？
我不能，不能总是寻找
新的爱情，新的爱人。
假如我们是那两只燕子就好了
从春天到春天一辈子旅行。

啊，现在为时已晚，
有人会说，一堵大雨中的
黑墙已在我体内坍塌，
当我与你的吻在我的唇上
交融，我察觉
我的灵魂留下一缕消散的香气。

我悲伤的爱

被对消亡的恐惧所侵染

以致我整个生命都在震颤

当我看着你

就好像

透过窗户看着我那棵挂满叶子的树

害着秋天的黄热病。

就好像描摹

纷乱的湍流中的一幅图画

白天，黑夜

白天，黑夜

白天，黑夜

让我

忘记！

你是什么，若非一个片刻，一个让我

在意识的荒漠中睁开眼睛的片刻？

让我

忘记！

日出

看我眼中的悲伤
如何一滴滴融化成水，
我叛逆不羁的影子
如何沦为太阳的俘虏。
看！火花点燃我，
火焰吞噬我，
将我带到顶峰
困我在空中。
现在，看我的宇宙
如何流星满天。

* * *

你从很远很远的地方来，
从芬芳与光的国度来，让我

坐在象牙、琉璃和云彩之舟上。
现在请带我，我的希望，我的慰藉，
到那激情涌动之地，
携我至狂喜和韵律之城。

你引我走上一条星光闪烁的道路，
让我坐得比群星更高，
可是你看，这些星星烤焦我，
灼烧我，而我，像一条发烫的红鱼，
在夜之池中啃咬它们。

我们的世界曾离这些
天空的房间多么远，
但现在你的声音抵达我，
天使的雪翼之声。
且看我如何高飞到不同星系，
到无边无际，到永恒。

既然我们来到如此高的所在，
请在酒的波浪里洗涤我，
用每一个丝绸般的亲吻包裹我，
在缠绵的夜晚渴求我。

不要放开我，不要把我

和这些星星分开。

* * *

看我们沿途的夜如何像蜡一般

一滴滴，一滴滴，熔化，

我的深色眼睛

从你这杯摇篮曲啜饮睡眠的酒浆，

你呼出的气息在我诗歌的

摇篮之上。看哪，

日出用光芒将我们淹没。

在泥土上

我从不向往

做天空蜃景里的一颗星

或者像那些被选中的灵魂

作天使们沉默的陪伴

我从未与大地分离

我跟星星不熟

我正用我的身体

站在泥土上，像一株植物的茎

从空气、太阳和水中吸取养分

为了生存

怀着绝望

怀着痛苦

我站在泥土上

让星星赞美我

让风雨抚慰我

* * *

我从我的小窗向外张望
我只是一首歌的回音
我不是永恒的
我只寻求快乐呻吟中
一首歌的回音
那比悲伤简单的沉默更纯粹
我不求栖居于
一具肉体，
那就像我身体虹膜上的露水

* * *

生命是我的小屋。它的墙上
过路人用爱的黑线
画上了纪念品：
箭穿的心脏
颠倒的蜡烛
疯狂混乱的字母上

苍白寂静的点

在那个停在我记忆之河
表面的夜晚
每一片触碰我嘴唇的嘴唇
都孕育一颗星星
所以我何必要渴望一颗星星？

* * *

这就是我的歌
——宽慰，令人愉悦
仅此而已，没别的

风会把我们带走

在我小小的夜里，啊，
风与树叶约会；
在我小小的夜里，有种
对毁灭的恐惧。

听。
可听见黑暗一阵阵号叫？
我以局外人的眼睛观望这繁荣。
我沉溺于绝望之中。
听。
可听见黑暗号叫？

这一刻，在这黑夜里，
有些事就要发生。月亮
忧虑而发红；云

是一支送葬者的队伍，等候着

把泪水洒落屋顶，

这即将崩溃、倒塌的屋顶。

一个片刻，

然后，空无。

这扇窗外，黑夜在颤抖，

地球再一次停止自转。

从这窗扇外，未知的前夜

笼罩上你我。

愿你一身青翠 *，从头到脚——

将你的手——像炽热的记忆放在我手中……

　　　　　　　　这双热爱着你的手

将你的嘴唇

　　　像一阵被生命温暖的情愫

————————————

* 在伊朗，绿色是象征生长和更新的颜色。（见 *Sin*，trans. Sholeh
　 Wolpé ）

交付给我相思之唇的爱抚。

有一天，风会把我们带走。
风会把我们带走。

黑暗中

黑暗中

我呼唤你

有寂静和微风

拂动窗帘

悲伤的天空

一颗星在燃烧

一颗星在坠落

一颗星在死亡

我呼唤你

我呼唤你

我的整个存在

像一杯牛奶

捧在我双手之间。

月亮的蓝色凝视

掠过窗玻璃。

一首悲伤的歌

烟一般

升起于蟋蟀之城，

烟一般

掠过窗玻璃。

一整夜

有人在我胸中

绝望地喘息，

喘息。

有人想站起身

有人想要你。

两只冰冷的手

再次将她扔了回去。

一整夜

悲伤自幽暗的枝头

倾泻而下

有人在不断自贬

有人在呼唤你

空气像一堵坍塌的墙

在她身上滚滚而下。

我的小树爱上了风，
爱上流浪的风。

风的房子在哪里？
风的房子在哪里？

夏日的绿水

比一片树叶还孤独，我
静静地在夏日的绿水间划行
载着我逝去的快乐，
走向秋天的坟地——
死亡之岸。

我曾将自己弃置在阴影中……
变幻莫测爱情的阴影，
迁移不定命运的阴影，
无常的阴影。

夜晚，
当一股晕眩的微风飞旋过
令人窒息的天空，
当一阵血红的薄雾弥漫在

血管的蓝色道路，

当我们独自面对我们颤抖的灵魂，

一种存在之感，一种病态的

存在，在血脉中悸动。

那些惨叫着倒下的人，

划破山顶的寂静

在沉重的岩石上刻下：

山谷的等待中隐藏着一个秘密。

一个女人在夏日的绿水中歌唱：

满手的忧虑中没有空手的安宁。

废墟的寂静是美的，

仿佛她自己就活在废墟之中。

我们用我们的呼吸，

用快乐的纯度互相玷污。

我们畏惧风声。

当怀疑的阴影进入我们

亲吻的花园，我们变得苍白，

一想到光的宫殿或崩塌于我们的宴饮

我们就战栗。

* * *

现在你在这里，
像金合欢香味展开在
清晨的道路，
重压在我的胸上，
烧灼在我的手中，
恍惚，消磨于我的毛发。
现在你在这里。

某种巨大、昏暗、浓密之物，
像白昼遥远的声音般躁动之物，
在我的瞳孔上旋转，扩散。

或许他们会把我从湖里拉出来。
或许他们会把我从树枝上挑下来。
或许他们将封闭我，像封闭一扇

　　　　　　通向未来时刻的门。

或许……
我就再也看不见了。

* * *

我们出身于一片放浪的土地。

我们倾身在一片放浪的土地。

在路上我们看见虚无

跨着一匹黄翅膀的马，

走得像个国王。

呵！我们幸福又安详。

呵！我们心痛而沉默。

幸福，因为我们爱。

心痛，因为爱是一种诅咒。

原谅她吧

原谅她吧。

有时候她忘了

她就跟死水，

空旷的沟渠一个样，

愚蠢地臆想

她有存在的权利。

原谅

一张肖像照上倦怠的愤怒，

她对变动的渴望

在她的纸眼睛中融化。

原谅

这个女人，她的棺材

被漂流的红月亮泼溅着，

身体的千年沉睡
被夜晚暴风雨的气味激扰。

原谅
这个女人，她的体内正分崩离析，
眼皮却还在为光的梦想而刺痛，
徒劳的头发仍在不可救药地颤动，
被爱的气息浸透。

平凡快乐之国的人们，
你们已经打开了窗户接纳雨水，
就原谅她，
原谅她，因为她迷了心窍，
因为你们生命肥硕的根
扎进她被放逐的土壤
用妒忌的权杖将她纯真的心
敲肿。

悟

小小气泡里

光正在消耗自己

夜，突然填满了窗户

一大群空洞的声音充斥的夜

被有毒的呼吸的热量污染的夜

夜……

我倾听

在黑暗恐怖的街上

感觉像有人把心脏踩碎

在脚底

像一件腐烂之物

在黑暗恐怖的街上

一颗恒星爆炸

我倾听……

一股血流令我的血脉膨胀。

而我的躯体……

我的躯体

也试图分崩离析

天花板上扭曲的线条中

我看见我自己的眼睛

像一只沉重的塔兰托毒蛛

在泡沫中，在黄色中，

在它自己令人窒息的沉默中枯萎

尽管我百般挣扎

仍淤陷其中，死水一般

慢慢，慢慢地，

我

变成了我坑里的沉渣

我倾听

我倾听我整个生命

一只恶心的老鼠在它的洞里

无耻地唱着

一首愚蠢的无意义的歌

一只蟋蟀不屈不挠又难以理解的叫声

翻滚着穿越飞逝的片刻

漂流过遗忘的面孔

啊，我充满了欲望——对死的欲望

恍惚中，乳房中一阵刺痛

啊

我想起

我青春期第一天

当我整个身体

在无辜的惊愕中打开

与那模糊、沉默和未知的事物融合

* * *

小小的气泡中

光

用颤抖的线条打了个哈欠

情诗

用你的梦为我的夜晚增色的你啊

我的胸中充满你的气息

为我遮风挡雨的你

给我的快乐多于悲伤

像雨水冲刷过大地的身体

你洗去了我存在的污秽

哦，你让我灼热的身体躁动

让我的眼睛着火

你，比麦田更富足

比金穗上的籽实更丰盛

你，是黑暗疑团中的

太阳之门

有你在，我不再惧怕痛苦

任何伤痛都不过是苦恼的幸福

我这颗悲伤的心和这光的重负呢？

这生活在坟墓深处的骚动呢？

哦，你的眼睛是我的牧场

你的眼睛烙印了我的眼睛

你以前就在我心里吗

我绝不会把别人错认为你

这是黑暗的痛苦，一种需要之痛

一种试图徒劳地自贬，把自己的脑袋

放在黯然的胸膛上的黑暗之痛

一颗被敌意的污秽所毒害的心

在每一次爱抚中感觉到蛇咬

在爱人的微笑中发现毒药

把金子放在骗子的手掌

在广阔的市集里迷失方向

啊，与我灵魂合一的你

将我从坟墓里复活

像一颗有两只镀金翅膀的星星

从遥不可及的天外来

熄灭我的孤独

我的身体散溢你拥抱的香气

你的水注满我干涸的心泉

你的洪流填满我血液的河床

在一个如此冰冷又黑暗的世界

你的脚步引领我的脚步

哦，你，藏在我皮肤之下

像血液，在我的血管里沸腾

你的爱抚烧着了我的头发

用欲望的焦灼烫伤我的脸颊

啊，你，一个对我的衣服陌生的人

熟悉于我身体的绿茵

你是一道明亮的、永不熄灭的曙光

南方土地上的太阳

啊，你比黎明更光辉，明亮

比春天更湿润，新鲜

这已不是爱，是疯狂

是寂静与黑暗中的一盏枝形吊灯

当爱在我的胸中苏醒

我向欲望交出我整个生命

这不再是我，不是

我后悔以过去的我生活的那些年

哦我的嘴唇，你嘴唇亲吻之处

我的眼睛，焦急地等待你的亲吻

哦，你发送快乐的痉挛贯穿我的全身

我将你身体的印记当衣衫穿在身上

啊，我想崩溃至粉身碎骨

有一刻，我想让我的快乐里交杂悲伤

啊，我想起身

像一朵云洒落奔涌的泪水

这悲伤的心和这焚香的烟呢？

卧室里竖琴和乌德琴的弹拨呢？

这空旷的空间和这些航行呢？

这寂静的夜和这些歌声呢？

* * *

哦，你的凝视是我神奇的摇篮曲

一个失眠婴儿的摇篮

你的呼吸轻吹过你身旁半睡的我

你冲去了我焦躁的颤抖

你嵌进了我明天的微笑里

你渗透到了我的世界深处

哦，你使我与诗歌的狂热融为一体

将所有这火浇注进我的诗中

因为你激起了我身体里爱的高烧

当然，也点燃了我的诗歌

边境墙

此刻，在无声的黑暗中，
禁墙再一次长高，边境墙
像植物般拔地而起
成为我爱情小树林的哨兵。

此刻，这城市污浊的喧嚣
从我的黑海岸再次飞射而来
像被激扰的鱼群。

此刻，窗户再次被打开
迎对四散的香气性感的触碰。
小树林里蛰伏的树木脱去它们的树皮，
大地再一次把月亮茫茫的微粒
吸进它的万千个毛孔。

靠近一点，

现在，

来听听爱的

不安分的节奏

像咚咚咚的非洲鼓

响彻我嗬嗬嗬的部落四肢。

我……感受它。

我……知晓

祈祷的确切时刻。

现在，所有的星星都在做爱！

在夜的庇护下，我飘荡于

每一阵微风的最后一缕呼吸。

在夜的庇护下，我疯狂地

将我浓重的秀发倾倒在你手中

将这年轻葱郁的热带之花呈献给你。

跟我来吧。

和我一起去那颗星，

千万年远离

这僵硬的冻土，

远离地球虚伪的尺度和指南，
去那没有人害怕光的所在。

在漂浮的岛屿上我屏住呼吸
搜寻一片没有粗劣思想
充斥的天空。

跟我回去吧。
回到那创世之初，
回到一颗卵芬芳的核心，
回到我由你而生的那一刻。
跟我回去吧；
离开你，我不完整。

现在，鸽子
从我的乳房之峰上
起飞。
现在，我嘴唇之茧中的吻
是蝴蝶在思忖飞翔。

现在我肉体的壁龛 *

已准备好迎接爱的敬拜。

跟我回去吧。

我没有说辞因为

我爱着你，

因为"我爱你"三个字

来自一个无效，

重复，和陈腔滥调的世界；

跟我回去吧；

我没有说辞。

在夜的庇护下，

我卸下月亮的重负。

让雨滴填充我，用小小的

心灵，未出生的孩子。

让我被填满。

或许我的爱会是

另一个基督诞生的摇篮。

---

* 指清真寺墙上的壁龛（mehrāb），指示朝向麦加的方向，即祈祷的
方向。（见 *Let Us Believe in the Beginning of the Cold Season*，trans.
Elizabeth T. Gray, Jr.）

星期五

寂静星期五。

荒凉星期五。

破落巷子一般沉闷的星期五。

病态懒惰的思想之星期五。

哈欠连天险恶的星期五。

没有期待的星期五。

缴械之星期五。

空旷的房子。

阴郁的房子。

关闭百叶窗抵挡青春激流的房子。

黑暗的房子，画上去的太阳。

---

*　伊斯兰教的安息日，一周中的圣日。伊朗的星期五相当于一般的
　星期日。在伊朗，每周开始于星期六结束于星期五，所有学校和一
　些商家实行星期四半天制，星期四和星期五实质上是伊朗的周末。

孤独，占卜，怀疑的房子。

帘子，壁橱，书和相片的房子。

啊，多么平静和骄傲

我的生命蜿蜒而行

        像一条奇异的溪流，

穿过这些寂静，孤独，星期五的心脏，

穿过这些荒凉，空旷，房子的心脏。

多么平静和骄傲，我的生命流过……

发条玩偶

还不止，啊，是的，
一个人还可以更加沉默。

＊＊＊

无休止的时间里
一个人死气沉沉的眼睛
可能盯着一根香烟的烟雾，
一只杯子的形状，
地毯上褪色的花朵，
或墙壁上虚构的文字。

可能用僵硬的指爪
把窗帘拨在一边，看外面。
大雨倾泻而下。

一个孩子拿一束彩色气球

蜷缩在树冠下。一驾破烂的马车

急匆匆逃离荒芜的广场。

可能怔怔地待在某处，

这窗帘旁边……但耳聋，眼瞎。

可能以一种怪异的声音，完全虚伪地，

喊出一声：我爱——

可能在一个男人蛮横的臂膀里

做一个健壮、美丽的女人——

皮肤像皮革桌布，

乳房硕大结实。

可能在酒鬼、疯子、流浪汉的

床上玷污爱情的贞洁。

可能圆滑地贬低

每一个令人费解的谜题。

一个人时，专注于填字游戏，

满足于几个无用的词语，

是的，无用的字母，顶多五六个。

可能一辈子跪着，

俯首在

伊玛目*冰冷的神龛前，

在一座无名坟墓里找到上帝，

对几枚微不足道的硬币抱有信心。†

可能在清真寺一个房间里腐烂，

一个老妇人，祈祷词滴淌在她的嘴唇。

可能永远是一个零，不产生任何结果，

无论方程是什么，无论加、减还是乘。

可能认为自己的眼睛是一只破鞋子上的纽扣

被困于一张愤怒的网。

可能像自家阴沟里的水一样蒸发。

因为羞耻，可能隐藏一个美好的瞬间

像一张暗淡、好笑的即时照片

---

* 伊玛目指伊斯兰教的宗教领袖，尤指穆斯林社群领袖或清真寺内
带领教徒做礼拜的人。

† 在伊朗，圣人的坟墓由围栏包围和保护，通常是一个银色的格栅，
朝圣者和朝拜者可以把愿望系在上面，再朝里面扔硬币。不识字
的朝圣者通常会付钱给神社或神社附近的人背诵适当的祈祷文。
（见 *Let Us Believe in the Beginning of the Cold Season*，trans. Elizabeth
T. Gray, Jr.）

被深深塞进一口木头箱子。

可能在某天的空相框里装上

一个被判罪，被打倒，被钉上十字架的人的

肖像。用愚蠢的、毫无意义的图画

把墙壁上的空缺填满。

可能像一只发条玩偶

透过玻璃眼珠看外面的世界，

在毛毡盒子里一待数年，

身体塞满稻草，

包裹着一层层精致的蕾丝。

每次被一只手淫荡地拿捏，

都可能毫无理由叫喊：

啊，我是多么快乐，多么幸福！

爱人

我的爱人
没羞耻赤裸裸站立，
双腿强壮结实
像死神。

倾斜的不安分的线条
坚定忠实地勾勒
他桀骜的四肢。

仿佛，我的爱人来自
被遗忘的世代。
在他眼睛深处，一个鞑靼人
埋伏着守候一名骑手，
而他牙齿的闪光中一个柏柏尔人
为他猎物的热血而兴奋。

我的爱人像大自然，

直率，不可抗拒。

通过征服我，他证实这

赤裸裸的力量法则。

他野蛮而又自由。

像一种天生的本能

在一座无人岛屿的中心，

他用从马杰农[*]的帐篷里撕下来的破布

擦去他鞋子上的街道灰尘。

就像尼泊尔寺庙里的神

我的爱人没有出身。

他是一个过去时代的人，

---

* 阿拉伯民间故事《蕾莉与马杰农》在公元 1188 年由波斯诗人内
扎米以对句韵诗形式写成诗歌，是他的长篇叙事诗《五卷诗》中
的一部，讲述了一对恋人的故事，类似西方的《罗密欧与朱丽叶》。
故事内容是这样的：马杰农陷入对蕾莉的爱情，他在每个角落喊
她的名字，给她写诗，为爱疯狂。蕾莉的父亲拒绝让他们结婚，
认为马杰农是个疯子，用爱的宣言"玷污"了他女儿纯洁的名字，
他匆匆把女儿嫁给了一个富人。故事的结局是蕾莉抑郁而死，马
杰农因绝望死在她的墓前。(见 *Sin*，trans. Sholeh Wolpé)

让人联想到美的高贵。

他用他童年的气味
唤醒纯真的记忆，
就像一首悦耳的民谣，
洋溢着不加藻饰的粗犷。

他爱得恳挚——
生命的点滴，
尘土的微粒，
人类的悲伤
朴实直率的悲伤。

他爱得真诚——
乡村树林里的一条小径，
一棵树，
一杯冰激凌，
一根晾衣绳。

在这片充满险恶的土地上，
我的爱人是一个简单的人，我将他

藏在我乳房的两座山丘之间

作为一种神奇信仰的最后标志。

在夜晚寒冷的街头

我不后悔，

我在想这种屈服，这痛苦的投降。

我已亲吻过我生命的十字架

在处决我的山丘上。

* * *

在夜晚寒冷的街头

情侣们总是

难分难舍。夜晚寒冷的街头

万籁寂静，只闻一声声

呼喊的"再见"。

我不后悔。

就好像我的心

在时间的另一边流动。
生命将回应我的心，
风之湖上航行的蒲公英种子
将重新创造我。

你可看到我的肌肤
如何裂开？
乳汁如何在
我胸脯冰凉的蓝血管中凝聚？
血液如何开始在我耐心的耻骨内
形成筋肉？

我就是你，你，
以及一个爱着的人，
一个突然发现千百个陌生的未知
无声嫁接在自己身上的人。
我是大地凶猛的欲望
吸纳所有的水
使田野充满生机。

请在黎明祈祷圣歌的浓雾中
倾听我遥远的声音，

在沉默的镜子里看我

如何用我残存的手

再一次，触摸所有梦境最深处的黑暗，

并将我的心，像一块血渍，文在

生命的纯真财富上。

我不后悔。

亲爱的，跟我说说

你将在夜晚寒冷的街头再次找到

有着同样痴爱的眼睛的

另一个我。

并请想起我，在她悲伤的亲吻中

你眼睛下甜美的线条里。

在一个永恒的黄昏

——昼还是夜？

——没有朋友，这是永恒的黄昏，

两只鸽子，像两具白色的

棺材在风中穿梭，

遥远的声音从那个陌生的

国度传来，飘忽，不定

像游荡的微风。

* * *

——有些话必须说出。

非说不可。

我的心渴望与黑暗为伴。

有些话必须说出。

多么深重的遗忘！

一只苹果从树枝上掉落；

黄色亚麻籽在我的

苦恋金丝雀的喙上裂开；

一朵蚕豆花，为释放

她对变化的无声的焦虑，

将她的蓝血管舒展于喝醉的微风。

而这里，我体内，我头脑中呢？

啊……

我脑中什么也没有，除了

旋转的浊红色斑点，

我的凝视像一个谎言……

沮丧，又羞愧。

——我想着一个月亮。

——一个诗歌里的词汇。

——我想着一个春天。

——一个泥土中的幻影。

——那郁郁葱葱麦田的气息。

——面包的童话。

——天真的游戏和一条狭长的

弥漫着金合欢香味的小巷。

——我想着游戏后苦涩的觉醒，

小巷结束后的迷惘困惑，

金合欢香味后萦绕的空虚。

* * *

——装腔作势？

——啊……

这些马都老了。

——爱情呢？

——它寂寞。它从一扇矮窗里望向

没有马杰农的沙漠，望着一条小巷

隐约记得有个持杯的美人

戴着脚镯神气十足。

——欲望呢？

——它们在一千扇门残酷的一致中

失去了信心。

——门关着？

——是的，永远关着，关着，

让你精疲力竭。

——我想着一所房子，

它的常春藤懒洋洋地呼吸，

它的灯光像眼睛一样发亮，

它的夜，忧郁，慵懒，宁静。

我想着一个新生儿无尽的微笑，

像水中层层叠叠的涟漪，

想着一个肉体，像一串葡萄，

因为血液而膨胀。

——我想到崩溃，

想到黑风的劫掠，

想到一束怀疑的光线

查探每一扇窗户，

想到一座小坟，小得像新生儿。

——工作……工作呢？

是的，但是在那张大桌子里边

一个秘密的敌人安了家，

一个慢慢、慢慢咀嚼你的人，

就像咀嚼木头，书本

和一千种其他没用的事物。

最后，你会在一杯茶里下沉，

像一只被旋风卷起的小船

在地平线上什么也看不见，除了

一根香烟的浓烟和一些毫无意义的线条。

——一颗星？

——是的，成千上万，但

都被围困在夜的另一边。

——一只鸟？

——是的，成千上万，但

都在遥远的记忆里

徒劳地拍打着骄傲的翅膀。

——我想到大街上的一声尖叫。

想到一只无害的老鼠

不时地爬过一段围墙。

* * *

有些话必须说出。

有些话必须说出

在每一个黎明，夜色阑珊的时刻

当空间，像青春期的感觉，

突然和某种奇怪的东西混合。

我想向反叛投降。

我想从那巨大的云层雨水般倾泻而下。

我想说，不，不，不。

——让我们去吧。

——有些话必须说出来。

——高脚杯，床，寂寞，还是睡眠？

——让我们都去吧……

尘世之诗

然后
太阳变冷
恩泽从大地消失。

田野的草枯了
海里的鱼干了
大地
不再接纳死者。

夜，像一个可疑的幽灵
不断拥堵在所有苍白的窗口，
道路将自己放逐
于黑暗。

再也没有人梦想爱情。

再也没有人梦想成功。

再也没有人梦想任何事情。

孤独的洞穴里

徒劳诞生。

血液散发大麻和鸦片的气味。

妇女们产下无头婴儿

摇篮藏在坟墓里躲避耻辱。

何等痛苦、黑暗的时日……

先知使命的力量

被面包打败。

先知们，现在落魄又饥肠辘辘，

逃离应许的圣地，

悲伤、喑哑的田野上

基督迷失的羔羊再也听不见

它们牧羊人的吆喝声。

镜子的眼睛映照出颠倒的

动作，颜色和形状，

卑劣小丑的头顶

和妓女们无耻的脸上，

亮起圣洁、明亮的光晕

像着了火的伞。

散发毒气的酒精沼泽

将成群无所事事的知识分子吸进它的深渊，

古董柜里

狡猾的老鼠啃咬镀金的书页。

太阳已死。

太阳已死，"明天"

成为奇怪的古老词汇，对孩子们

毫无意义。笔记本上他们将它描画成

一个墨黑的污点。

人，

一群堕落的人，

心死，茫然，孤独，

在自己的尸身不祥的重负下

从一地流放到另一地，

对犯罪的强烈欲望在他们手心里膨胀。

有时一个火星，一点小摩擦，

就引爆他们倦怠、死气沉沉的圈子，
然后他们互相攻击——
男人们割开彼此的喉咙
将未到青春期的女孩推倒在
血染的床单上。

他们沉溺在自己的恐惧中，
犯罪的可怕感
使他们盲目愚昧的灵魂瘫痪。

刑场上
当绞刑吏绳索的张力
从他们的眼眶里鼓出来——死刑犯惊恐的眼睛，
他们观看，被深深触动，
苍老疲惫的神经因为欲望而抽搐。

但你总能发现几个
轻罪犯站在广场的边缘，
盯着喷泉的水，它源源不断。

* * *

或许，
某种半活着的东西仍在
那些被挤碎的眼睛后面熠动，
在它们变硬的深处，
幽幽挣扎着，去相信
水之歌的纯洁。

或许。但这是何等无尽的空虚。
太阳已死，没有人知道
那只悲痛的，放弃了所有人心的鸽子
是信仰。

* * *

啊，被囚禁的声音，
难道你绝望的光辉
永不会在这令人憎恶的黑夜
开辟一条通向光的道路？
被囚禁的声音。
最后的最后的声音啊……

礼物

我从夜的最深处说话。
我言说黑暗的极致。
我言说夜的终场。

好心的朋友，如果你来我的家，
给我带一盏灯，为我开一口窗子——
透过它，看见巷子里满是幸福的人。

一次夜访

一张令人惊叹的脸
从窗户另一边说：
"当然，那些看见我的人，会觉得
我很可怕，像一种丧失感。
但老天作证，人们怎么会怕我呢？
我……
我谁也不是，不过是一只无重量的风筝
游荡在雾蒙蒙的天空之顶。
我，我的爱，憎恶，绝望，和痛苦
在墓地之夜的流放中
被一只叫死亡的老鼠啃食。"

而这张令人惊叹的脸，
她隐约流动的线条
一种风渲染的潮起潮落，

她柔软的长发
被黑夜变幻的隐身攫住，
像一株深海植物
在夜色中蔓延开来，
从窗户的另一边喊道：
"相信我，我并不在人世。"

越过她，我仍能看见
夜晚囤积着黑暗，
看见松树的银白色果实，
但是，哦，她……

她在那一切之上滑行。
广大无边的心翱翔飞升，
仿佛她是树木的绿色精神，
仿佛她的双眼穿透永生。

"你猜对了。
自从死后，我从来
不敢照镜子。
我死得如此彻底，都没留下什么
来证明我的死。

你可曾听见

夜幕裹尸的花坛里

蟋蟀冲向月亮的叫声？

我想星星已迁移到

未知的天空。

而城市……

多么寂静。

路上不见一个人

除了一群苍白的雕像，

困倦的守夜人，及一身烟草

加灰尘气味的清洁工。

啊，我死了

而这夜晚似乎是

那个徒劳的夜的继续。"

她陷入沉默。

泪水模糊了她的眼睛。

"你，把你的脸藏在了

生活忧郁的面具之后，

你是否思考过这个痛心的事实：
今天活着的人
只是被丢弃的生命的渣滓？

就像一个婴儿，在她的
第一个微笑里变老，
而心——被修改的铭文
它最初的字行已经被玷污——
再也不能相信自己石头般的力量。

或许对需求的上瘾，
对镇静剂的持续消耗
已将简单、纯粹的人类欲望
引向堕落的深坑。
或许灵魂已被流放到隐僻的荒岛。
或许我只梦见蟋蟀的叫声。

这些懒洋洋倚在木矛上的步兵
是我们风驰电掣的骑兵？
这些佝偻瘦弱的鸦片君子
是我们纯粹睿智的潜修者？
那么这是真的？

人们真的不再指望救世主降临？

害相思病的姑娘用编织针

挖自己天真的眼睛？

乌鸦的嘎叫声回响在

黎明最深的睡梦。

镜子苏醒

寂寞独居的身影开始

伸懒腰打哈欠，

让自己沉浸于一连串

伪装的沉闷的噩梦。

啊，

我站在我时日的尽头，带着

对血的记忆——只会唱血的史诗，

对荣耀的记忆——从未想自己如此廉价，

我倾听：

　　　　　没有声音。

我举目：

　　　　　没一片叶子晃动。

我的名字，曾经是清洁的气息

现在拂不去坟墓上的尘土。"

她一个战栗

沉入自己的身体，

两条手臂从融化的形态中

浮现出来

伸向我的手，像两声绵长的叹息。

"天很冷，风削砍我的轮廓。

这片土地上，有谁

不怕看见自己腐烂的脸？

现在难道不是打开窗户

开得大大的

让天空倾泻而入，

让哭泣的人，在自己的尸体之上

吟诵最后仪式的时候？"

或许那悲吟的是一只鸟

或树木间的风，

或许是我自己，就在我的心陷入绝境，

在羞愧、痛苦和绝望的浪潮中上升，

透过窗户看见

那两只手，

两条严厉的训诫伸向我的手

却消失

在黎明不真实的光里 ……

而一个声音从寒冷的地平线传来：

"再见。"

绿色幻影

一整天，我对着镜子哭泣。
春天将我的窗户托付给
树木的绿色幻影，
而我的身体
无法容纳于我的孤独之茧。
我头上纸王冠的臭味
污染了那无阳光地带的空气。

* * *

我不能。再也不能……
那街巷的噪音，鸟儿的鸣啭，
网球消失的声音，
孩子们逃离的喧嚷，
气球的舞蹈

像肥皂泡爬上绳子的顶端，

而风……

风喘息着

仿佛从最黑暗时刻的底部，和一个床伴，

压上我信任的寂静堡垒的墙壁，

透过古老的裂缝呼唤我心的名字。

一整天，我的目光锁定在

我生命的眼睛——

那双眼睛恐惧，焦虑，

逃避我牢牢的注视，

像一个说谎者

躲在它们眼睑后安全的一隅。

* * *

什么山峰，什么高地？

所有这些蜿蜒曲折的道路不都是汇聚

和结束于一张吞噬、冰冷的嘴？

你为我做了什么，

哦诱惑欺骗的话语，

哦肉体和欲望的禁欲？

若我在头发上插一朵花，

岂非不那么虚假

比起这骗局，这顶纸王冠——

在我的头上散发臭味？

*　*　*

这荒野之灵如何俘获我

而月亮的魔法击中并引领我

远离羊群的信仰。

我心的缺损如何变得巨大

没有什么能补上它失去的那一半。

我如何站在那里看大地拒绝

支撑我的双脚，我爱人的体温

无法进入我身体徒劳的期待。

什么山峰，什么高地？

请给我庇护，闪烁的灯光，

明亮而变幻莫测的房屋，

屋顶上洗过的衣服

在芬芳的烟雾的怀抱中摇荡。

请给我庇护，完整、完美的女人
你们柔软的指尖在肚皮上摩挲
你们胎儿甜美的动静，
你们衬衫开口处的空气
混合着新鲜乳汁的香味。

什么山峰，什么高地？
请庇护我，烧红的烤炉，马蹄形护身符，
烟气缭绕的厨房里铜制品叮叮当当的交响，
缝纫机低沉的嗡嗡声，
地毯和扫帚无休止的战斗。
请庇护我，贪婪的爱情——
在你对永存的痛苦欲望中
以魔法之水和新鲜的血滴
倾洒在你破除贞节的床。

* * *

整天，一整天
抛尸一般，放任自己漂在水上，
我漂向一块濒临深渊的岩石，
漂向最深的海洋洞穴，

和最凶残的食肉鱼。

我脊椎脆弱的骨头刺痛，

感觉到死亡。

我不能，再也不能……

我的脚步回响着对所踏道路的否定

绝望压过我灵魂的坚韧。

而春天，那个绿色幻影经过我的窗口

对我的心说："瞧，

你从未远游。

你下沉。"

伴侣

夜来了

然后，黑暗

经过夜的黑暗——

眼睛

手

然后，有节律的呼——吸——，呼——吸——

和水的滴答——滴答——

　　　　滴答——滴答——

　　　　　　滴答——滴答——

从水龙头滑落

然后，两根烟

两个发亮的红点

时钟的嚓嚓——嚓嚓——

和两颗心

两份孤独……

花园的胜利

高飞在我们头顶的
乌鸦，陷入
一片浮云不安的思绪，
它的叫声，一支短矛划过辽阔的天际，
将把我们的消息带到城里。

* * *

每个人都知道。
每个人都知道你和我
透过这冰冷、阴森的窗户
看到了花园，从我们够不到的
轻佻树枝上摘下了苹果。

每个人都害怕

每个人都害怕，只有你和我

在这水，这镜子和灯光面前

融而为一，

不感到畏惧。

我说的不是两个名字的脆弱结合，

它们在一页旧账簿上的拥抱——

我说的是我的头发，

欣悦于你烧焦的罂粟之吻，

是我们肉体的肆无忌惮的亲密，

以及我们裸体的光辉——像水中的鱼鳞。

我说的是一眼小小喷泉

在每个黎明所唱的一首歌

银色的生命。

我们问绿浪起伏的

树林里的野兔，

我们问泡沫汹涌而冷血的大海里

怀着珍珠的贝壳，

我们问巍峨的胜利之山上

年轻的雄鹰，

"应该做什么？"

每个人都知道。

每个人都知道我们找到了

通往那冰冷寂静的凤凰之梦的道路；

找到了在花园里，一朵无名花

羞涩的凝视中的真理；

找到了在两个太阳彼此凝视的

无限瞬间的永恒。

我说的不是黑暗中焦渴的低语——

我说的是光天化日，是敞开的窗户，新鲜的

空气，和一架燃烧无用之物的火炉；

是孕育着新苗的大地，

是出生，成熟，骄傲。

我说的是我们的爱之手，在黑夜之间

搭起一座芬芳、光线和微风的桥梁。

到田野上来吧……

到这广袤无边的田野上来；

从金合欢花朵的气息后呼唤我——

像一只雄鹿呼唤他的伴侣。

窗帘里翻滚着窒息的悲伤，

天真的鸽子从他们的白塔高处

凝视下面的大地。

红玫瑰

红玫瑰。

红玫瑰。

红玫瑰。

他带我去了玫瑰园。

黑暗中在我战栗的发间

插入一朵红玫瑰

然后

在一朵红玫瑰的花瓣上和我做爱。

哦瘫痪的鸽子，

哦荒芜的处女树，哦失明的窗户！

看！在我心底，

我子宫深处，

此刻生长着一朵玫瑰；

一朵红红的，玫瑰。

红，如一面旗帜

——一场革命。

一个婴孩。

一个婴孩。

那只鸟，就像一只鸟

那只鸟叫道：多好的阳光！
啊，多芬芳的气味！春天来了
我要寻找我的伴侣——

那只鸟从门廊边展翅而起，
像一条放飞空中的消息。

那只鸟小小的。
那只鸟不想事情。
那只鸟不看报纸。
那只鸟没有债务。
那只鸟不晓人事。

那只鸟在空中
红绿灯的闪烁之上

快乐翱翔于湮灭之间，

欣狂于天空的蔚蓝时刻。

那只鸟，

　　　　啊，

　　　　　　就像一只鸟。

哦，宝石镶边的王国 *……

成功！

登记入册。

用我的名字和脸装饰了一张身份证†，

我的存在落实于一个数字。

OK，德黑兰 5 区 678 号万岁。

再也不用担心了，现在我可以放心地

在我祖国的怀抱里，

吮吸我们往昔荣耀的乳汁，

---

* "宝石镶边的王国"在波斯语中指伊朗，是巴列维时代伊朗国歌里的用语。(见 *Sin*，trans. Sholeh Wolpé)

† 伊朗在 1976 年通过了一项出生登记法，规定所有出生人口必须在 15 天内进行登记。1976 年之前，许多人没有给孩子登记，后来不得不进行登记，以便申请护照或其他公共服务。(见 *Sin*，trans. Sholeh Wolpé)

被文明和文化的摇篮曲

以及法律的拨浪鼓的梆当声催眠。

啊，

是的，再也不用担心了……

我满心欢喜地

来到窗前，678 次

肺里吸入满是屎尿味、灰尘

和垃圾味的空气，

在 678 张借据

和 678 份工作申请上

签下我的名字：

　　芙洛格·法罗赫扎德

多么幸福啊，生活在

一个诗歌、玫瑰和夜莺的国度，

当一个人的存在终于被载入记录；

在这个国度，透过窗帘

我第一次正式的一瞥

看见了 678 位诗人——

伪装成古怪流浪汉的无赖，

在垃圾堆搜寻字词和韵脚。

在这片国土上，我第一个正式的脚步声

从昏暗的沼泽地惊起 678 只

神秘的夜莺，为了消遣，

它们化身成古老的

乌鸦 *，懒洋洋飞入白昼的边缘；

在这片土地上，我第一口正式的呼吸

混杂着宏伟的普拉斯科塑料厂 † 制造的

678 枝玫瑰的气味。

是啊，那可是种幸福，

生存在瘾君子小提琴手谢赫·蠢货之父 ‡

---

* 这里诗人可能指的是 20 世纪早期，为了给伊朗带来民主，一些
博学人士成了新成立的议会的成员。作为议会成员，这些人必
须穿西装——这让人联想到西方文化中的企鹅形象。然而，许
多伊朗人并不熟悉企鹅，因此诗人使用了乌鸦的形象。（见 *Sin*，
trans. Sholeh Wolpé）

† 普拉斯科塑料厂是当时伊朗最大的塑料厂，是位于德黑兰菲尔多
西广场的五层建筑，底下几层是一家生产筛子、碗和喷壶等塑料
制品的工厂。这些物品用来取代从世界其他地方进口的铜器和瓷
器，往往由流浪商贩出售，这些商贩一般在他们的驴背上售卖盐
或农产品。（见 *Sin*，trans. Sholeh Wolpé）

‡ 谢赫（sheik）字面上是酋长的意思，后面的也一样，都是作者
表达讽刺的文字游戏，意思是所谓的小提琴手和鼓手，都不过是
业余爱好者而已。诗人在这里取笑酋长们，他们虽然上过宗教学
校，却不能摆脱他们家族的生意。（见 *Sin*，trans. Sholeh Wolpé）

和铃鼓手谢赫·"心啊——心啊——" *——一位

铃鼓手的儿子的儿子的流浪汉儿子的出生地——

这超级明星之城——肥硕的大腿，屁股，和乳房

布满《艺术》杂志的封面；

在"管它呢，跟我有什么关系？"

的拥护者 † 和

每一个媒体频道

都有新的神童自吹自擂

的奥林匹克式智力竞赛的摇篮里。

在这片土地上，当国家的精英知识分子

在成人课堂上露面时，胸前抱着

678 个时髦的电动烤肉架 ‡，

腕上戴着 678 块劳力士手表，

因为他们知道卑弱源自

---

* 谢赫·"心啊——心啊——"指的是几代流浪鼓手中的一个——
  他们在街上游荡，唱着"心啊，心啊"。这位流浪乐手的儿子通
  常被称为巴赫·莫斯布，这个词也指"献出屁股的人"。人们普
  遍认为，去宗教学校成为谢赫的男孩有时会被迫成为性奴。（见
  Sin，trans. Sholeh Wolpé）

† 指当时普遍存在的和平主义知识分子的消极倾向，他们将自己从
  周围环境中"抽离"。（见 *Sin*，trans. Sholeh Wolpé）

‡ 传统的烤肉串是在木炭上烤制的。但这些电器设备突然在德黑
  兰流行起来，并被大肆宣传，拥有它成为身份的象征。（见 *Sin*，
  trans. Sholeh Wolpé）

空虚的钱包，而非源自无知。

成功，是的，成功！

现在，为庆祝我的成功，我要自豪地

在镜子前点上 678 根赊来的蜡烛，

我还要跳上窗台发几句感言——

当然已征得你们的允许——

说说合法存在的益处；我将在

雷鸣般的掌声中，拿起我

刚得以提升的新生命的破土之镐

只消在我的头顶上一击。

我还活着，

　　　　是的，

　　　　　就像曾经也活着的扎因代河[*]，

我将尽我所能从活人垄断的一切中攫取。

从明天起，我就能徜徉在

民族主义情怀洋溢的城市街头，

---

[*]　扎因代河，流经伊斯法罕省的主要河流，字面意思是"活的河"，
　　但因为是季节性河流，河水经常干枯。

漫步于路灯柱失重的阴影之间，

在公共厕所的墙壁上 678 次骄傲地写下：

    我写这句是为了逗驴子们发笑[*]。

从明天起，像一个莽撞的爱国者，我就能铭记

并疯狂跟进每星期三下午的"大理想"彩票，

希望从它的一千里亚尔[†]和虚妄里分一杯羹——

一台冰箱，一张沙发，新窗帘，或黑暗中购买的

捐赠给 678 个爱国人士的 678 张自然选票。

从明天起，我就能在

哈奇克[‡]商店的里屋吸上几克上等品，

消遣几杯不纯的百事可乐[§]，

在几声"主啊""哈利路亚"

"汪汪汪""咕咕咕"之后，

---

[*]   这句话后面通常会跟着一句"作者在读者的胡子上放屁"。法罗赫扎德在这里或想表达的是，读者可能会嘲笑她写的东西，但这是因为读者不懂，她根本不在乎。（见 *Sin*，trans. Sholeh Wolpé）

[†]   里亚尔，伊朗官方货币，现在 1000 里亚尔约合 0.16 元人民币。

[‡]   哈奇克是一个亚美尼亚名字，当时伊朗的许多酒铺都是亚美尼亚人开的，这些酒铺后面通常都有供顾客放松、抽烟和喝酒的房间。（见 *Sin*，trans. Sholeh Wolpé）

[§]   指加了伏特加的百事可乐。（见 *Sin*，trans. Sholeh Wolpé）

正式加入高尚文人，

精英知识分子，和胡言乱语派

信徒的行列；我的第一部小说杰作

将在 1678 大不里士太阳[*]年某个时候

被一家破产的出版社正式出版——

故事情节写在 678 盒优质正品

奥什奴香烟[†]的背面。

从明天起，我就可以满怀信心地

邀请自己参加 678 场以天鹅绒铺垫的

"保障你自己未来的议会"的会议

或"亲吻皇室之手的参议院"的集会，

因为我阅读每一期《艺术与科学》

和每一版《谄媚与奉承》——

---

[*] "大不里士太阳"原文为"Shamsi-Tabrizi"。在波斯语中，Shamsi
是太阳的意思，Tabriz 则是伊朗一座城市的名字。法罗赫扎德在
这里玩了一个文字游戏，暗指伊朗神秘主义苏菲夏姆士-e. 大不
里士（Shams-e Tabriz），他将鲁米引入伊斯兰神秘主义，并在鲁米
的诗集《夏姆士集》中为世人所铭记。法罗赫扎德取笑每个作家似乎
都在寻找一个自己的夏姆士。（见 *Sin*，trans. Sholeh Wolpé）

[†] 奥什奴香烟是当时伊朗最廉价的香烟。伊朗著名小说家萨迪克·希
达亚特（Sadeq Hedayat）经常和朋友们一起去纳德里咖啡馆，灵
感来时，他会把故事的情节记在香烟盒背面。（见 *Sin*，trans.
Sholeh Wolpé）

已掌握如何"正确地"写作。

现在，作为建设性潮流的一部分，

我已步入了生存领域，

其惊人的技术进步引领我们

走向合成云和霓虹灯——

当然，所有的研究

都是在烤鸡串摊上进行。

现在，作为建设性潮流的一部分，

我已步入了生存领域，

尽管它不给面包，然而

它提供我们广阔、壮丽的远景——

北面：子弹公园郁郁葱葱的绿色，

南面：古老的行刑广场，

天际线延伸到人口拥挤的地段，

炮兵广场所在地。

从早到晚，在一片安全明亮的

天空的华盖之下，678 只胖大的石膏天鹅和 678 个天使 *——不是平常的天使……

一种由真正的泥和黏土制作的天使——

忙着宣传沉默和稳定项目。

* * *

成功，是的，成功！

德黑兰 5 区居民 678 号万岁，

她以纯粹的意志和努力

到达这崇高的位置，此刻她站在离地

678 米高的窗台上，有幸

不用楼梯，就能欣喜若狂地

一头扎进她祖国的怀抱。

她最后的遗愿和遗嘱只是：

尊贵的大诗人易卜拉欣·萨巴 †

---

* 当时德黑兰有大量的雕像，在这首诗中，石膏天鹅和天使象征着
沉默。（见 *Sin*，trans. Sholeh Wolpé）

† 易卜拉欣·萨巴（Ebrahim Sahba），伊朗 20 世纪 60 年代的流行
诗人，能当场就任何给定的主题写出押韵的诗歌。他自认为是
比法罗赫扎德更优秀的诗人，实际却遭到当时文人们的嘲笑。（见
Sin，trans. Sholeh Wolpé）

为了 678 枚硬币的报酬

驰笔一首和"扯蛋"*押韵的挽歌

来纪念她的存在。

我将再一次向太阳致意

我将再一次向太阳致意，

向曾经流淌在我体内的小溪

向云朵——曾经是我舒卷的思绪，

向树林里痛苦生长的杨树——

曾陪伴我走过干旱的季节。

我将向那群乌鸦致意

它们曾带给我小树林夜间的香气；

向住在镜子里我的母亲致意，

那是我晚年的投影。

我要再一次向大地致意，

在她重新创造我的欲望中，

用绿色的种子填满她燃烧的腹部。

我会来的。我会来的。我会的。

我的头发带着深层泥土的气息。

我的眼睛透露出黑暗的密度。

我将带一束从墙那边的灌木丛

采摘的鲜花而来。

我会来的，我会来的。我会的。

这门口将焕发爱的光芒

而我将再次向那些爱着的人致意，

还有那个女孩——

她仍站在充满爱的门槛上。

重生

我全部的存在是一首黑暗的诗
复述你，至永不衰落的
开花和生长的黎明。
在这首诗中，我以一声叹息召唤你
将你嫁接于水，火，和树木。

* * *

也许生命是一条长长的街道
一个女人每天拎一只篮子经过；
也许是一根绳子
一个男人用它把自己吊在树上，
也许是一个孩子放学回家。

也许是做爱间倦怠的停顿中

点一根烟的举动，

也许是一个脱帽致"早安！"的路人

不经意的一瞥

　　　　带着毫无意义的微笑。

也许是我的目光在你眼睛的瞳孔里湮灭

的一个令人受挫的时刻——

　　　　　　我将把那种感觉与我对月光的

　　　　　　感悟以及对黑暗的理解融合。

在一个孤独般大小的房间里，

我的心，爱一般大小，

思忖着它幸福的简单借口：

花朵在花瓶里凋萎的美，

我们花园里你种下的树苗，

还有金丝雀的歌声，窗子一般大小。

啊，这是我的份额，

是我的命分。

我的命分是一片天，只要

挂一张帘子就能被挡在外面。

我的命分是走下一道寂寞的楼梯

走向在它的放逐中腐烂和分崩离析的事物。

我的命分是在一片回忆的树林里忧悒地散步

濒死于渴望一个声音说：

"我爱你的双手。"

我将我的手种在花园的泥土中——

我将生长发芽，

我知道，我知道，我知道。

燕子将在我沾满墨水的

掌心里筑巢。

我要用双生的樱桃装饰我的耳朵，

在指甲上佩戴大丽花的花瓣。

一条小巷，曾经爱我的男孩们仍站在那里

一样的头发蓬乱，一样的细脖子，细腿，

注视着一个年轻女孩无辜的微笑——

在一天夜里被风吹走。

一条小巷，我的心

将它从我童年的地盘上偷来。

一个形体，沿着时间的线路旅行

使时间贫瘠的绳索怀孕，

从一面镜子的盛宴里回归

与它自己的形象亲近。

一个死去，而另一个留下，就是这样。

* * *

没有人从倾泻入沟渠的浅流中

               找到珍珠。

我

知道一个悲伤的小仙女，

她住在海里，

轻轻、轻轻地吹奏她

心灵的木笛……

一个悲伤的小仙女，

夜晚她死于一个亲吻

黎明时在一个亲吻中重生。

让我们相信这寒冷季节的黎明

（1974）

让我们相信这寒冷季节的黎明

而这就是我，

一个孤独的女人

在一个寒冷季节的门槛上

在感知这地球被玷污的存在

这天空的蓝色绝望

以及这双水泥之手无用无力的黎明。

时间流逝。

时间流逝，钟敲了四下。

四下。

今日冬至，

我知晓季节的秘密，

懂得每个时辰的语言。

弥赛亚在墓中沉睡

而泥土——这善于接纳的泥土——

召唤人走向安宁。

时间流逝，钟敲了四下。

巷子里风在吹。
巷子里风在吹，
而我想到花的交配，
它们纤弱、贫血的花朵
和这疲惫、结核病的时代。
一个人经过潮湿的树木，
一个男人，一道道青筋
像死蛇缠绕在他的
喉咙，用带血的音节
敲打他悸动的太阳穴。
赛俩目。
赛俩目。
　　　而我想到花的交配。

在寒冷季节的门槛上
在镜子悲伤的守夜里，
在模糊记忆哀恸的不眠中，
以及在这怀有睿智沉默的昏暗里，

一个人如何叫停一个前行的人？

他如此忍耐，

沉重，

迷茫……

如何对这个人说他并非活着，

                         他从未存在。

巷子里风在吹，

隐世的孤独的乌鸦

游弋于无聊的老树林。

而那梯子

它的高度多低啊。

他们把一颗单纯的心带去

他们童话的宫殿，

而现在

一个人如何能起身舞蹈，将童年

之发抛进川流的溪水，

把最后摘下，终于嗅到它香味的苹果

踩在脚底？

亲爱的，我最特别的朋友，

密布的乌云也等待太阳的节庆。

就好像鸟儿沿一条想象的路线飞翔，

好像微风中感性呼吸的嫩叶

是绿色幻想葱茏的线条，

好像在窗户纯净的心灵中燃烧的紫色火焰

不过是一盏灯的天真幻想。

巷子里风在吹

而这是毁灭的黎明。

你的手降为废墟的那天风也在吹。

亲爱的星星，

亲爱的纸星星，

一个人如何能在蒙耻的先知的经文中寻求庇护

当谎言像风一样吹过天空？

我们会像那些死去千年万年的人一样相遇，

然后，太阳将审判我们腐败的肉体。

我冷。

我冷，我想我再也不会感觉到暖。

亲爱的，我最可靠的朋友，

        那酒有多少年了？

看，时间在这里有多重

而这些鱼如何咬啮我的肉。

为何你一直把我留在海底？

我冷，也讨厌贝壳耳环，

我冷而且我知道，一株野罂粟的

红色幻象将荡然无存，

除了几滴血。

我将放开线条，

也放弃计数，

并从这几何学的局限中

寻求在无限灵魂中的庇护。

我一身赤裸，

        赤裸，赤裸。赤裸

如爱的话语间的静默。

我的伤口都来自爱，

        爱，爱，爱。

我曾带领这座流浪的小岛

远离海洋的风暴，

远离火山的喷涌。

而破碎是统一存在的秘密，

太阳从它最卑微的碎片诞生。

赛俩目，无辜的夜！

赛俩目，今夜！你把野狼的眼睛变成

信任和信念嶙峋的骨窝。

你的溪畔，柳树之魂

嗅探着斧头的善良灵魂。

一个蛇窠一般的世界，

一个一边拥抱你，一边头脑中

编织着绞死你的绳索的人

的脚步的世界。

赛俩目，贞洁的夜！

看到和窗户之间

永远隔着一道缺口。

为什么我没看？

那次一个男人经过潮湿的树木……

为什么我没看？

我想那夜我母亲哭了，

我感到疼痛而一个生命在我子宫里形成的那夜，

我成为金合欢新娘的那夜，

伊斯法罕的蓝色瓷砖回响，是我的一半的那个人

回到我的子宫的那夜。

我看见他的倒影，明净如镜子，

突然他呼唤我，我变成了金合欢新娘……

我想那夜我母亲哭了。

落在这扇紧闭的门上的光真是徒劳啊。

为什么我没看？

所有幸福的时刻都知道

你的手将成为废墟，

而我还是没看。

直到钟之门突然打开

悲伤的金丝雀叫了四次，

四次，

而我撞见那个小妇人

她的眼睛像凤凰的空巢。

随着她急促的每一步，仿佛

她将我光辉梦境里的童贞带到了

黑夜的床上。

我是否还会将头发栉沐于风中？

还会在花园种植紫罗兰，

或摆放天竺葵映衬窗玻璃后的天空？

是否还会在酒杯前跳舞？

门铃是否会再次让我期待一个人的声音？

我告诉母亲：这就是结局。

在你想到之前就会发生；

我们把讣告登在报纸上吧。

空心人。

空心的、轻信的人。

看他咀嚼的牙齿在唱歌，

看他凝视的眼睛在吞噬；

看他如何经过那潮湿的树木：

忍耐，

沉重，

迷茫，

在四点钟，

这一刻他的蓝色血管，

死蛇般缠绕在他的喉咙，

用带血的音节

敲打他愤怒的太阳穴：

赛俩目。

赛俩目。

你可曾

闻过

那四朵蓝色郁金香 *……

时间流逝。

时间流逝而夜降临

在金合欢赤裸的肢体

在窗玻璃上滑行，

用它的冷舌头舔去

这消逝的一天的残余。

我从哪里来？

我从哪里来，我身上散发夜的气息？

这坟墓的土仍旧新鲜——

我是说这两只年轻、绿色的手的坟墓……

---

* "蓝色郁金香" 或指有蓝色水晶或蓝色玻璃顶的灯，后一首诗
  《你之后》中也有 "四盏青色郁金香灯突然点亮" 的表达。（见
  Another Birth，trans. Hasan Javadi & Susan Sallée）

你多么善良，亲爱的，我最独一无二的朋友，

你说谎的时候多么善良，

当你阖上镜子的眼睑，

松开挂在枝形吊灯下的灯泡，

带领我穿过黑暗来到爱的牧场时多么善良，

直到干渴之火后那令人头晕目眩的雾气

落定在睡眠的田野上。

而那些环绕永恒的纸星星，

为何要出声说话？

为何将瞥视引入探访之屋？

为何将爱抚引至处女秀发的羞怯？

看看，那个用词语说话，用眼睛

爱抚，被触觉驯服的人，如何

被钉在疑虑的十字架上；

你手指的分支

像真理的五个字母

在她的脸颊上留下印记。

沉默是什么，是什么，我最信赖的朋友？

沉默是什么，除了未说出的话语？

我无言以对，但麻雀的语言

是大自然不屈的愉悦之流。

麻雀的语言，说出春天，树叶，春天。

麻雀的语言，吐露香气，微风，香气。

麻雀的语言在工厂消逝。

这人是谁，走在永恒之路上

向着融合的那一刻？这个用童年的减法

和加法逻辑给手表上弦的人，

认为一日之始不是公鸡的啼鸣，

而是早餐的香气的人，

戴着爱情的冠冕

在婚服的褶皱中枯萎的人

是谁？

所以，最终

太阳并不同时

照耀在绝望的两极。

你被抽空了蓝色瓷砖的回声。

而我如此满盈，人们借着我的声音祈祷……

幸运的死尸。

倦怠的死尸。

沉默而忧思的死尸。

在时间被预定的车站

和可疑的临时灯光下

社会、优雅、饱食的死尸，

拼命地购买徒劳的腐烂果实……

他们站在十字路口，担心于事故

和发出停止指令的哨声

在一个人必定

    必然

     必须

被时间的车轮碾碎的那一刻，

一个从潮湿的树木旁经过的人……

我从哪里来？

我告诉母亲：这就是结局。

在你想到之前就会发生；

我们把讣告登在报纸上吧。

赛俩目，陌生的孤独！

我把这房间让给你

因为乌云永远是

新的净化诗篇的先知,

而蜡烛的殉难中,隐藏着一个光辉的

它最后最高的火焰所掌握的秘密。

让我们相信,

让我们相信这寒冷季节的黎明。

让我们相信这想象的花园的废墟,

相信闲挂着的镰刀,

相信被禁锢的种子。

　　　　　　看,雪下得多大……

或许真相是那两只年轻的手,

那年轻的

　　　　埋在雪下的手——

而来年

当春天与窗外的天空交结,

绿色树苗之泉将在它体内喷涌而出——

它们将开花,亲爱的,我最非凡的朋友。

让我们相信这寒冷季节的黎明……

你之后

你，我的七岁，

你，奇妙的背离时刻，

你之后，一切成为一种疯魔又愚蠢的狂热。

你之后，那扇窗子——

我们和微风之间

和飞鸟之间

那明亮生动的联结，

                破裂了，

                    破裂了，

                        破裂了。

你之后，那个泥人儿

除了水，水，水，什么也没说……

被淹死了。

你之后，我们扼杀了蟋蟀的歌声
开始依恋字母表上升起的铃声
和弹药工厂响起的哨声。

你之后，我们玩耍的场所
从餐桌底下移到了课桌后面，
从课桌后面移到了我们玩耍的桌子顶上
然后失去……
失去你的色彩，我的七岁。

你之后，我们互相背叛。
我们用铅弹，
用飞溅的血滴
擦除那些写在灰泥墙上的纪念。

你之后，我们去广场，
高喊着"万岁…… 打倒……"
为那些唱歌的小小硬币鼓掌
它们已悄悄来到镇上。
你之后，我们的心在口袋里焦躁不安
为自己那份爱患得患失——
我们，成了彼此的谋杀犯。

你之后，我们冲向墓地。

死神在祖母的罩袍下呼吸；

死神是那棵巨树，生者在开始这一边

给它疲惫的树枝系上丝带，

死者在结束那一边抓着它赤褐色的根；

死神坐在那神圣的坟墓上，坟墓的四个角落

四盏青色郁金香灯突然点亮。

我听见了风声，

我听见了风声，哦我的七岁！

我起身，喝水

突然想起

你新播种的土壤如何在蝗群中颤抖。

一个人必须付出多少？

砌一个水泥墙隔间

要花费多少？

我们失去了必将失去的一切。

我们没提灯笼就踏上旅程；

而月亮，月亮，那个慈爱的女性，

始终在那里，在童年记忆中

一座茅草土屋的屋顶

和一片惧怕蝗群的年轻的田野之上。

一个人要付出多少？

窗子

一口看东西的窗子。

一口听声音的窗子。

一口像井一样

直插地球的心脏，向着

蓝色中浩瀚无边的爱敞开的窗子。

一口用温柔的星星散发的夜的芬芳

洒满小小的寂寞之手的窗子。

一口能邀请太阳

光顾被遗弃的天竺葵的窗子。

一口窗子对我就足够。

我来自玩偶之国，来自

一个绘本花园里纸树下的阴影；

来自土苍苍的纯真之巷里

贫瘠的友谊和爱情的干旱季节；

来自字母表上乏味的字母

在结核病学校课桌后长大的岁月；

来自孩子们刚刚在黑板上写下"石头"

受惊的椋鸟就从那棵古树上

振翅起飞的那一刻。

我从食肉植物的根茎中来，

头脑里仍萦绕一只蝴蝶

惊恐的声音——被别针钉在一本书上。

当我的信任悬挂于正义虚弱的绳索

而整个城市撕碎我灯的心脏；

当爱情无辜的眼睛被律法的黑头巾

层层束缚，而血液

从我欲望躁动的太阳穴涌出；

当我的生命一无所是，除了墙上

时钟的嘀嗒嘀嗒一无所是，

我意识到我必须疯狂地去爱，

必须，必须。

一口窗子对我就足够。

一口通向领悟，感知，和沉默时刻的窗子。

那株胡桃树苗已经长高，

足以向它年轻的叶子讲述墙的含义。

向镜子问问你救世主的名字。

你脚下颤抖的大地不是

比你更孤独吗？

先知们将毁灭的预言带到

我们的时代。

这些没完没了的爆炸，

这些有毒的云，

难道都是圣诗的回响？

哦朋友，哦同胞，哦亲兄弟，

当你们抵达月亮，

请标记这些花朵被屠杀的日期。

梦总是从它自己天真

的顶点跌落

破灭。

我闻到一株四叶草的气味

在一座古老信条的坟墓上发芽。

那个被埋在渴望和贞洁的裹尸布下的

女人，可是我的青春？

我是否会再一次登上我好奇心的楼梯

向在屋顶上踱步的仁慈的上帝致意？

我感到那种时候已经过去了，

我感到我的那份"片刻"现已是历史的一叶；

我感到这张桌子只是我的头发和这个绝望的

陌生人的双手之间一团虚幻的东西。

跟我说，

一个给予你一份活生生肉体之爱的人，

除了你对她存在的感觉的认可，还想要什么回报？

跟我说吧。

从我与太阳亲密相连的

我的窗户避难所。

我的心为花园悲伤

没人想着这些花。

没人想着这些鱼。

没人肯相信花园快死了，

它的心在太阳的炙热下肿胀，

它的头脑渐渐耗尽它葱郁的记忆。

我们的花园孤独又无助。

它打着哈欠，等待

一朵流浪的云降下雨水，

我们家的水池空坐着。

羽翼未丰的星星 *

从高高的树顶坠落，

鱼儿苍白的家园

夜夜传来劈柴似的咳嗽。

我们的花园荒凉又寂寞。

父亲说：

我的时代过去了，

我的时代过去了。

我已经扛过我的重负。

我的工作完成了。

他从早到晚待在他的房间里

读《历史的历史》

或菲尔多西的《列王纪》。

父亲对母亲说：

所有鱼和鸟儿都该死！

我死了，

这花园是死是活

又有什么要紧

我的退休金才是正事。

母亲的生活是一张铺开的祈祷毯。

她活在对地狱的恐惧中，
总是在各个角落搜寻罪过的痕迹，
想象花园被一株
异端植物的罪孽所玷污。

母亲是天生的罪人。她整日
祈祷，用她"神圣化的"气息
呵护所有那些花，那些鱼
呵护她自己的全身。
她等待那位应许者
以及他将带来的宽恕。

我哥哥把这花园叫坟场。
他嘲讽草的困境
无情地数着浅水的死皮下
腐烂的鱼的尸体。
我哥哥沉溺于哲学。
他从花园的死亡中看到治愈。
喝醉时，他又是捶门又是砸墙，
说他多累，多痛苦，多沮丧。
他到哪儿都带着他的绝望，
就像带着他的出生证明，

日记，餐巾，打火机和钢笔。

但他的绝望如此之小
每晚都泯灭在拥挤的酒馆。

我的姐姐是花的朋友。
她会把她简单的心里话
——当母亲打了她——
带到她们友善而安静的聚会，
有时她用阳光和蛋糕屑
招待鱼儿一家。

如今她住在城市另一边
她做作的家里，在她做作的
丈夫的怀里制造不做作的孩子。
每次她来看我们，要是她的裙子
被我们花园的贫穷玷污
她就在古龙水中沐浴
她每一次来都怀着孩子。

我们的花园孤独又无助。
我们的花园荒凉又寂寞。

大门后整天传来

削砍和破裂的声音，

爆炸的声音。

我们的邻居在他们花园的土壤里

种植炸弹和机关枪，而不是花。

他们盖住池塘，藏起一袋袋炸药。

学童们的书包里装满了

微型炸弹。

我们的花园茫然又困惑。

我害怕丧失心灵的时代，

那么多游手好闲，

那么多疏离冷漠。

我就像一个学童

疯狂爱着她的几何课，

孤独又无助

想象把花园带到医院的可能。

我想了又想

而花园的心已在烈日的炙热下肿胀，

头脑中葱郁的记忆渐渐耗光。

一个谁都不像的人

我梦见有人来了。

我梦见一颗红色星星。

我眼皮一直跳

鞋子老是配对 *。

要是我说谎，让我眼睛瞎掉。

我是在醒着的时候

梦见了那颗红星星。我看见

有人来了。

有人来了。

一个不一样的人。

一个更好的人。

———————

* 伊朗的迷信说法是，如果眼皮老是跳，或者鞋子从脚上脱下时
不小心两只落在一起，预示着有贵客来访。（见 *Let Us Believe in
the Beginning of the Cold Season*，trans. Elizabeth T. Gray, Jr.）

一个谁也不像的人。

不像父亲，

不像恩西，

不像任何人，

不像叶海亚，

不像母亲。

一个像他应该像的人，

比建筑师家门前的树还要高，

而他的脸

比伊玛目马赫迪的脸还要明亮 *。

他不怕赛义德·贾瓦德的兄弟

——他已经去穿他的警察制服——

甚至不怕赛义德·贾瓦德本尊，

我们家所有房间的主人。

而他的名字，就像

母亲在祷告开头和结尾所说，

既是"法官的法官"

也是"愿望的授予者"。

---

* 这句话指的是什叶派穆斯林对第十二任伊玛目马赫迪（Mahdi）
的预期到来的信仰。马赫迪先是于 872 年在伊拉克失踪，939 年
再次失踪。人们期望他回来，让世界充满正义。

而且，他能闭着眼睛

背诵三年级课本上

所有的难词；

他甚至能从两千万里去掉一千

而不出现短缺 *。

他可以从赛义德·贾瓦德的店里

赊买他需要的每样东西

并能让曾经像黎明般

发出绿色光芒的真主之灯

再次在莫法提安清真寺的上空点亮。

哦……

光明真好啊。

光明真好啊。

我多希望

叶海亚有一辆手推车

和一盏煤油灯

这样我就能坐在他的车上

---

* 伊朗的统治阶级常被称为"千族"，在 20 世纪 60 年代，人们认
  为伊朗这个有 2000 万人口的国家由 1000 个家庭统治着。这里指
  的是除掉统治阶级而不影响一般民众。（见 *Another Birth*，trans.
  Hasan Javadi & Susan Sallée）

在西瓜和甜瓜当中

或绕着穆罕默德广场 * 转圈。

哦……

绕着广场转圈多么开心啊！

在屋顶上睡觉真是有趣啊！

去城市公园真好玩啊！

百事可乐的口味真棒啊。

法尔丁电影院真气派啊。

我多么爱一切美好的事物，

还有，我多么想拉扯

赛义德·贾瓦德女儿的辫子。

我为什么那么小，

在街上还会迷路？

父亲不小，上街也不会迷路——

他干吗不做点什么

让我已经梦见的那个人

快一点到来？

---

* 　指为工薪阶层社区服务的德黑兰南广场。(见 *Let Us Believe in the Beginning of the Cold Season*，trans. Elizabeth T. Gray, Jr.)

或者那些住在屠宰场区的人们，

他们花园的土浸透了鲜血，

他们池塘的水是斑驳的血水，

他们脚上的鞋沾着血污……

他们干吗不做点什么？

他们干吗不做点什么？

冬天的太阳真懒惰！

我打扫了通往屋顶的楼梯，

擦洗了窗户的玻璃。

为何父亲只有睡觉的时候才做梦？

我打扫了通往屋顶的楼梯，

擦洗了窗户的玻璃。

有人来了。

有人来了。

一个心与我们同在，

呼吸与我们同在，

声音与我们同在的人。

一个注定到来，不能被阻止和

铐上手铐扔进监狱的人。

一个在叶海亚的老树下生儿育女的人，

他一天比一天高大。

一个从雨中来，

从倾盆大雨的声音中来，

从低语的牵牛花当中来的人。

一个在烟花之夜

从炮兵广场*上空来的人。

他将铺上桌布，

分发面包，

分发百事可乐，

分发城市公园，

分发百日咳糖浆，

分发学校注册日，

分发医院挂号，

分发橡胶靴，

分发法尔丁电影院，

分发赛义德·贾瓦德女儿的衣服

---

* 德黑兰市中心著名的广场，是政治集会和绞死罪犯的地方。(见 *Let Us Believe in the Beginning of the Cold Season*, trans. Elizabeth T. Gray, Jr.)

和剩下的一切，

也分发给我们的那一份。

我梦想……

唯有声音留存

为什么我要停下，为什么？

鸟儿们去寻找一个蓝色维度，
地平线垂直，
地平线垂直，运动像喷泉。
目之所及，明星疾旋。

地球在太空重复自己，空气隧道
成为连接的运河，白昼变成
一个实体，庞大到塞不进
报纸蠕虫们狭窄的想象。

为什么我要停下？

道路沿生命的毛细血管蜿蜒，

月亮子宫的气候将杀灭

癌细胞，黎明后的化学光环中

剩下的只有声音——

                        渗入时间的声音。

为什么我要停下？

沼泽是什么，若非

供腐败的害虫滋生的温床？

肿胀的死尸写下停尸房的思想，

懦夫将胆怯隐藏在黑暗中，

而蟑螂

……啊，当蟑螂高谈阔论，

                     为什么我要停下？

打印机的铅字徒劳地排队。

协作的字词无法挽救狭隘的思想。

我是树的后裔；呼吸污浊的空气令我疲惫不堪。

死去很久的鸟儿劝告我记住飞翔。

融合创造最伟大的力量——

与太阳发光的灵魂的融合，

光芒倾灌的领悟。
风车最终会扭曲腐烂。
我为什么要停下？
我将一捆捆未熟的小麦抱在胸前
给它们乳汁。

声音，声音，唯有声音。
水的声音，它流动的愿望，
星光倾泻在大地雌蕊上的声音，
卵子在子宫里凝结成意义的声音，
爱的思维凝结在一起的声音。

声音，声音，声音，只剩下声音。
在一个矮子的世界里，
测量标准总沿零的轨道运行。
为什么我必须停下来？

只有这四种元素支配我；
我心的宪章不能
由盲人的省政府起草。
野兽们生殖器的野性长嗥
跟我有什么关系？

蛆虫在肉体里的缓慢蠕动

跟我有什么关系？

是花朵们染血的历史让我委身于生命，

花朵们染血的历史，你听见了吗？

这只鸟终有一天会死去

我的心被压扁。

我的心如死灰。

我来到阳台上

抚摩紧绷的夜的肌肤。

连接的灯黑了。

连接的灯黑了。

没人会把我引介给太阳。

没人带我去雀鸟的盛宴。

保存飞翔的记忆吧。

这只鸟终有一天会死去。

房子是黑的[*]

"感谢你，上帝
感谢你创造了我，
创造了我慈爱的母亲
我良善的父亲。

"感谢你创造了
流动的水，结果的树。
感谢你赋予我用以
工作的手。

"感谢你赋予我眼睛……

---

* 本篇是法罗赫扎德拍摄的纪录片《房子是黑的》的字幕翻译，影
 片记录了伊朗大不里士一个麻风病人聚居地人们的真实生活场
 景。整部电影的语言和节奏洋溢着强烈的诗意，处处透露着人性
 的光辉，完全可当作一首长诗来读，故收录于诗集中。

看这世界的奇迹。

感谢你赋予我耳朵……

享受美妙的音乐。

感谢你赋予我双脚……

去我想去的地方。"

主啊，这是谁

在地狱里赞美你？

这人是谁？

礼拜六……

礼拜天……

礼拜一……

礼拜二……

礼拜三……

礼拜四……

礼拜五……

礼拜六……

…………

主啊，我将唱颂你的名，
我将用这把十弦琴
唱颂你的名。
为我被造成一个
奇怪而令人惊恐的形状。
当我被创造时
我的骨头没能对你隐藏。
我被在大地的深处塑造。

在你的书中，所有我的部分
都已写好……
而你的眼睛，主啊，
已看见子宫里我的雏形。
我不会看见春天了，
这几行诗将是所剩的全部。
随着一阵天旋地转，

我掉进了这个疯人院。

我来了。我的心充满着悲伤。

哦，穆斯林，今夜我满怀悲伤。

"上帝是最伟大的。哦上帝，

伟大的主，慷慨的主，

请向我们的恳求

施以你的恩惠。

你是人与鬼之上的

至高主宰。以上帝的名义

仁慈的主，关爱的主。以上帝

你的名义，来自你，顺从你。

将我的存在交给你，

哦上帝，将我的脸转向⋯⋯

你的脸，将我的事务交给你

指挥。将我的命运交在你

双手之间，我的左我的右，

我的北我的南，我的

两边我的终点。

一切服从你的指令和权力

因为除上帝之外再无

其他方向和权力。"

我曾说，假如我有鸽子的翅膀

我要飞离并获得安息。

我会去很远的地方

在荒野中寻得庇护。

我要赶快逃离这

狂风暴雨。

因为我已见过

世上的苦难与邪恶。

这宇宙孕育着惯性

孕育了时间。

我能去哪里躲避你的脸？

又能去哪里

躲避你的思想和存在？

假如我能抓住

晨风的翅膀

居留在大海深处，

你的手还是会压在我身上。

你让我沉醉于

优柔不决。

你的功迹何等地可畏啊！

你的功迹何等地可畏啊！

我说的是我灵魂的苦涩。
当我沉默时
我的生命一直
在我无声的尖叫中翻滚。
请记住我的生命是风。
我已变成一只沙漠鹈鹕，
像一只麻雀一样
独坐在屋顶。

我被像水一样泼出去……
如同那些早已死去的人。
在我眼皮上是死亡的阴影。
在我眼皮上是死亡的阴影。

别管我，别管我，
我的时日不过是一口呼吸。
在我动身去那不归地，
那无限黑暗地之前，别管我。

上帝啊，请不要把你的鸽子

的生命托付给野兽。

上帝啊，请记住我的生命是风……
你给了我一段闲散的时日，
而我周围那快活的歌声，
那风车的声音
和光明的光辉……
已经消逝。

那些此刻正收获庄稼的人
是幸运的，
他们的手正捡起
一把把麦穗。

让我们听一听在偏远沙漠里
唱歌的灵魂。
那一个叹了口气，伸出
他的双手说，
"唉，我的伤痛已经麻木了我的精神。"

哦，那一个被时间遗忘的人儿，
你给自己穿上红衣裙，

戴上金首饰，

用粉墨描画自己的眼睛，

请记住，你徒劳地美化了自己

为了偏远沙漠里的一首歌，

和那些诋毁你的朋友。

唉，因为白天正在消逝，

傍晚的阴影正在延伸。

我们的生命，像装满鸟的笼子，

充满着被囚禁的悲吟。

我们中谁也不知道

自己能支撑多久。

收获的季节过了，

夏天来到了尽头，

而我们没有获得解脱。

我们像鸽子一样呼唤正义……

又何曾有正义。

我们等待光

黑暗却在统治。

"金星。在黄昏时分，有时

我们看见一颗明亮的星星。

它的名字叫金星。

金星非常亮。

金星是离我们很近的行星。

金星不闪烁。"

"为什么我们要感谢上帝

让我们有爸爸妈妈？

你来回答！"

"我不知道，我都没有……"

"你，请说出几样美丽的事物。"

"月亮，太阳，花朵，玩耍。"

"还有你，说出几样丑陋的东西。"

"手，脚，头。"……

"用'房子'这个词造一个句子。"

"房子是黑的。"

泛滥的河流啊，

请在爱的驱使下

向我们，向我们奔涌而来吧！

一封写给父亲的信

亲爱的爸爸：

已经很长时间没写信给您了。应该说我写了，只是没寄出去。此时此刻，我的桌子上有两个写着您地址的信封，但我一直想着要把信再改改，这就是为什么它们还在我的桌子上。我不知道我能给你写什么。

我很好。和往常一样，一个人越是苦行僧，生活就越简单。现在我已经习惯了不对生活抱有太多期望。我总是告诉我自己，现在的情况已经够好了，有很多人没有我这么幸运，这样我就能少想，多生活。阿米尔*也很好。我们经常见面，和以往一样，我们的谈话都是关于德黑兰、孩子、妈妈和爸

---

* 法罗赫扎德的哥哥。

爸的。这是我们唯一可以说上许多天也不会厌倦的话题。在一起时，我俩都意识到我们有多爱妈妈、爸爸和这些孩子。我们多么希望你们就在我们的生活中，好感受你们的爱。我打算在夏初返回伊朗，但阿米尔不同意，他认为我应该和他一起留在这里，然后和他一起回去。我还没想清楚，我想念卡米。但另一方面，我觉得我情感上还不坚强，身体还不够强壮和正常。如果我回到那里，那种地狱般的生活会再次出现，我担心我无法承受涉及的一些事情。

您问过我的工作和学习情况。您知道我的人生目标是什么。这可能有点愚蠢，但只有这样我才感到满足和幸福。我想成为一个伟大的诗人，我热爱诗歌。除此以外，我从来没有过其他目标。可以说，自从我了解了自己，我就觉得我热爱诗歌。无论我做什么，都是为了扩大我的知识面。我学习的目的从来不是为了获得文凭或学位，而是通过扩大知识面，我可以追求我所热爱的东西，那就是写诗，并获得成功。住在意大利的七个月里，我学好了意大利语，翻译了两本意大利的诗集。现在，在阿米尔的帮助下，我正忙着从德语翻译一本书。我还翻译了一本寄到德黑兰出版，这当然会带来一些收入。在欧洲生活的过去十个月里，我也写了一本诗集，打算出版。诗是我的上帝。意思是我爱诗到了这种程度。我日日夜夜都在想着要写一首新的、漂亮的诗——还没任何人写过的诗。我独处而不思考诗歌的日子就算虚度时光。或许表面上，诗歌不能使我快乐，但对于快乐我有不同的理解。对我来说，幸福不是美食、华服或富足的生活。当我的灵魂满足时，我便快乐，而诗歌让我的灵魂满足；但假如我拥有了所有这些人们拼命追求的好东西，却被剥夺了写诗的权利，我会杀了我自己。

您把我忘了，任我倒霉，任我一直在他人的眼光里流浪，但我以上帝和我孩子的生命发誓，我深深爱着您。每当想起您，我的眼里就充满泪水。有时我想知道，为何上帝把我创造成这样，把诗歌的魔鬼放进我的内心，使我不能让您快乐和满意。我无法忍受像数百万人那样的普通生活，这不是我的错。我不想结婚。我想在一生中取得成功，成为社会上杰出的女性。我想您并不赞成这一点。

给我写信吧，我盼望收到您的信。我想买件好东西送给您，但不知道您喜欢什么？我存了一些钱，第一次想给自己的爸爸买一份礼物。但您得告诉我您喜欢什么。

吻您

芙洛格

译后记

一本书终于到了写译后记的阶段，久违的"贤者时间"啊！

在翻译法罗赫扎德之前，除了阿巴斯，我对伊朗诗歌的了解仅限于贾拉鲁丁·鲁米、苏赫拉布·塞佩赫里等两三个人名。语言就是一座山！

这本《让我们相信这寒冷季节的黎明》共收录诗歌 51 首，涵盖作者不同时期的优秀作品，顺序按作者的诗集和大致的写作时间编排。所依据的英译本有肖勒·沃尔普（Sholeh Wolpé）翻译的《罪》（*Sin*），哈桑·贾瓦迪和苏珊·萨利（Hasan Javadi & Susan Sallée）翻译的《重生》（*Another Birth*），小伊丽莎白·格雷（Elizabeth T. Gray, Jr.）翻译的《让我们相信这寒冷季节的黎明》（*Let Us Believe in the Beginning of the Cold Season*），以及网络上部分散译的版本，因为各译本之间存在不少差异，所以最终的汉译版本可能与任何一个现成的英译本都不完全对应，甚至有个别诗参照了多达六个英译本。好的一点是，《重生》这本诗集是英语与波斯语双语版，所以我也勉力借助词典参照了少量基本词素或语素，最终呈现的就是我取舍和平衡的结果，只希望以此译本，使这位出色的诗人也能为汉语读者熟知并欣赏。

除诗歌以外，本书还收录了一封作者写给父亲的书信，以及她导演的纪录片《房子是黑的》的字幕内容。这部纪录片于1963年获得德国奥伯豪森电影节最佳纪录片奖，也由此确立了法罗赫扎德作为严肃艺术家的地位。整部电影的镜头和节奏洋溢着强烈的诗意，处处闪耀着人性的光辉，我们完全可以将其当作一首长诗来欣赏。

法罗赫扎德是一位伟大的女性，但我们阅读她的诗作时，不应只关注到她的女性身份，只看到她的女性视角。她诗歌的风骨与力量，她对社会与人性的批判揭示，她诗写的界限与艺术实践，完全堪称20世纪最重要的伊朗诗人之一。在某种意义上，甚至可以说，她改变了伊朗诗歌。

法罗赫扎德在波斯语国家和跨国文学空间中无所不在！她像一颗炽热的流星，一束耀眼的光芒，为伊朗文学乃至世界文学书写光辉的一页！

图书在版编目（CIP）数据

让我们相信这寒冷季节的黎明 / (伊朗) 芙洛格·法罗赫扎德著；李晖译 . -- 北京：北京联合出版公司，2023.9（2025.6 重印）

ISBN 978-7-5596-6966-7

Ⅰ . ①让… Ⅱ . ①芙… ②李… Ⅲ . ①诗集－伊朗－现代Ⅳ . ① I373.25

中国国家版本馆 CIP 数据核字 (2023) 第 104872 号

让我们相信这寒冷季节的黎明

作　　者：[伊朗] 芙洛格·法罗赫扎德
译　　者：李　晖
出 品 人：赵红仕
策划机构：明　室
策划编辑：赵　磊
特约编辑：赵　磊
责任编辑：龚　将
装帧设计：山川制本 workshop

北京联合出版公司出版
（北京市西城区德外大街 83 号楼 9 层　100088）
北京联合天畅文化传播公司发行
北京市十月印刷有限公司印刷　新华书店经销
字数 120 千字　787 毫米 ×1092 毫米　1/32　7.75 印张
2023 年 9 月第 1 版　2025 年 6 月第 3 次印刷
ISBN 978-7-5596-6966-7
定价：58.00 元